西村京太郎

若狭・城崎殺人ルート

実業之日本社

実業之日本社文庫

若狭・城崎殺人ルート／目次

若狭・城崎殺人ルート

第一章　特急「文殊《もんじゅ》一号」

1

その男は、看板まで粘《ねば》った末、

「どうだ、朝までつき合わないか？　どうせ、暇《ひま》なんだろう？」

と、美由紀《みゆき》を誘った。

確かに、男のいう通り、今夜も九時を過ぎてから、客は、その男一人だけだった。

美由紀が、一人でやっているバー、というよりも小さな飲み屋である。自宅のマンションに帰っても、誰かが、美由紀を待っているというわけでもない。

「いいわよ」

と、美由紀は、応じてから、

「でも」

と、いいかけると、男は、笑って、

「金なら、ある」

と、いった。

美由紀は、その言葉を信用したわけではないが、よく利用している巣鴨《すがも》駅裏のホテルに、男を連れていった。

男の年齢は、四十歳くらいだろう。初めての客だった。それに、得体の知れない感じの男ではあったが、美由紀は、別に怖いとは、思わなかった。

美由紀は、自身、男を怖いと思う年齢でもない。いざとなれば、男からうまく逃げられる自信もある。

裸になると、男は、意外と、逞《たくま》しい体つきをしていた。肉が厚いというよりも、骨が太いのだろう。

男は、裸になってベッドに、寝転ぶと、手を伸ばして、美由紀の体を抱きよせた。

ひと汗かくと、男は、ベッドから降りて、

「ひと風呂、浴びてくる」

と、いって、バスルームに、入っていった。

美由紀は、寝転んだまま、ベッドのそばに置かれたボストンバッグに、目をやった。男が持ってきたボストンバッグである。

男が店に来た時から、そのボストンバッグが気になっていた。カウンターで飲んでいる時も、なぜか、男は、そのボストンバッグをカウンターの上に、置いたまま、飲んでいたからである。

（ひょっとして、この男、会社のお金でも、持ち逃げしているんじゃないかしら？）

と、考えたりもした。

そうだとすると、何百万円かの金が、そのボストンバッグの中に入っているのではないか？　美由紀が、ふと、手を伸ばそうとすると、突然、男の声が、降ってきた。

「そのボストンバッグの中には、金なんか入っていない。だから、開けたって、仕方がないぞ」

「そんな気は、ないわよ」

と、あわてて、美由紀は、いい、

「私も、お風呂に入る」

と、続けた。

風呂から上がると、男は、ルームサービスで、酒と寿司を注文した。

酒を飲みながら、男が急に、こんなことをいった。

「お前さんは、短歌を知っているか？　例えば、こんな歌だ。『大江山《おおえやま》いく野の道の遠ければ　まだふみも見ず天橋立《あまのはしだて》』。知っているか？」

「ああ、知っているわ」

美由紀は、腹這《ば》いになって、寿司をつまみながら、男に、いった。

男は、ビックリした顔になって、

「どうして知っているんだ？　短歌をやったことがあるのか？」

と、きいた。

美由紀は、クスクス笑って、

「そんな上等なもの、やったことなんかないわよ。ただ、その歌を、知っているのは、私の生まれ故郷だから。そこの学校では、先生が、必ず、その歌を教えるのよ。だから、郷里の中学校じゃ、誰でも知っているわ」

と、いった。

「お前さんの生まれたところなのか？　時々は、帰るのか？」

男が、じっと美由紀を見て、きいた。

美由紀は、また笑って、

「帰ったことなんか、ここ何年もないわ。両親は死んじゃっているからね。郷里に帰っても、誰も知っている人がいないんだから、今さら、帰ったってしょうがないのよ」

と、いった。

その後で、

「あんたは、どうして、その歌を知っているの？」

美由紀が、逆に、きいた。

「俺《おれ》か？」

と、男が、いい、首を小さく振ってから、

「いつだったか、観光案内を見ていたら、その歌が、載っていたんだよ。それだけの話さ。俺だって、短歌だとか、詩だとか、俳句だとか、そんな、高尚な世界とは、まったく縁のない人間だからな」

男は、なぜか、急に、乱暴ないい方になって、いった。

「あんた、今の歌を、誰が作ったのかは、知らないんでしょう?」

美由紀が、意地悪く、きいた。

「そんなこと、知るものか。お前さんは、知っているのか?」

「ああ、知っているわよ。その歌はさ、小倉《おぐら》百人一首に、載っていて、小式部内侍《こしきぶのないし》が作ったの。和泉《いずみ》式部の娘さん。その人が、作ったのよ」

「それも、田舎《いなか》の中学校で教えてもらったのか?」

「そう。担任の国語の先生が、小倉百人一首とか、源氏物語の好きな先生でね。これは、郷里を代表する和歌だから、必ず覚えておきなさい。そういって、教えてくれたのよ。中学で教えてもらったことなんか、英語も数学も化学も、全部きれいさっぱり、忘れてしまったけど、どうしてだか、その歌だけは覚えているの」

と、美由紀は、いった。

「じゃあ、お前さんは、天橋立辺りで、生まれたのか?」

男が、ちょっと、間を置いて、きいた。

「まあ、そんなところね。でも、もう郷里のことは忘れちゃった」

「そうか、もう忘れたのか」

「そういうあんたは、いったい、どこの生まれなのよ？」

今度は、美由紀が、きいた。

「俺か？」

と、男は、つぶやいてから、ベッドに寝転がると、煙草《たばこ》を口にくわえた。

美由紀が、そばにあった百円ライターで、火をつけてやった。

男は、うまそうに、煙草の煙を、天井に向かって吐き出してから、

「俺も、もう、郷里のことなんか、考えたことはないな。お前さんと一緒で、郷里に帰ったって、もう誰もいないからな」

「じゃあ、今は、どこに住んでいるの？」

「別に決めたところはない」

「じゃあ、いつも、旅をしているの？」

「まあ、そんなところだ」

「格好いいわね。私も、あんたみたいに暮らしてみたいけど、勇気がなくてね。できそうもないわね」

美由紀は、小さく笑った。

2

朝になって、美由紀が目を覚ますと、隣で寝ていたはずの男の姿が、なかった。

一瞬、

(やられたかしら?)

と、思った。

そう思ったのだが、ベッドの上に起き上がってみると、テーブルの上に、封筒が置いてあるのが、眼に入った。

(乗り逃げされた)

その封筒を手に取ってみると、中に、真新しい一万円札が百枚入っていた。

美由紀は、呆気《あっけ》にとられた気持ちで、封筒の中から取り出した、百万円の束を見つめていた。

どう考えても、あの男が、百万円を置いて、先に、帰ってしまったということなのだが、なぜ、男が、そんなことをしたのか、美由紀には、まったく分からなかったからである。

美由紀は、もう三十を過ぎている。それに、取り立てて、美人というわけでもない。自分で、セックスがうまいとも思わない。

そんなことを、考えると、昨夜の美由紀の対応に、感動して、男が、百万円を置いていったとは、とても、考えられなかった。

ひょっとして、これが偽札で、男が偽札づくりの犯人か何かで、美由紀に、その偽札を使わせて、世間の反応を、見ようとしているのではないか？

美由紀は、そんなことまで、考えてしまったが、どう見ても、偽札には見えなかったし、何よりも、その百万円の束には、銀行の帯封がついていた。

美由紀は、支度を済ませると、その百万円を、ハンドバッグに入れて、フロントに降りていった。

昨夜、フロントで書いた名前は、美由紀のもので、男の名前は、書いていない。

「私の連れの男の人なんだけど、いつ頃帰ったのかしら？」

美由紀が、きくと、

「今から一時間くらい前に、お帰りになりましたよ」

と、フロント係が、いった。

部屋代も、ちゃんと、男が払っていったという。

美由紀は、ホテルのロビーの隅にある喫茶室で、コーヒーとケーキを注文して、それを朝食がわりに食べながら、どうして、男が百万円もの大金を、置いていったのか、それを考えてみた。

何か、美由紀の態度に、男が、感心したから、百万円置いていったのだろう。そう考えるのが、いちばん、分かりやすいし、ほかに考えようがない。しかし、美由紀の何に、男は感動したのだろうか？

一つだけ考えられるのは、あの、和歌のことである。

美由紀は、別に、和歌の趣味があるわけではない。たまたま、自分が、天橋立の近くに生まれ、そこの中学校に通っていたから、国語の女の先生が、その歌を何回となく、生徒に詠《よ》んできかせたので、覚えていただけである。

男にもいったことだったが、かろうじて覚えているのは、あの歌のことだけだった。男が口にした和歌を、偶然、それだけを覚えていて、美由紀が反応したから、男は、ビックリしたか、あるいは、感心してしまったのだろうか？

男も、おそらく、小さなバーのママが、あの短歌を、知っているとは、思わなかったのだろう。それが、予想に反して知っていたので、ビックリし、そして、感動してしまったのかも知れない。

それが尾を引いて、帰る時に、百万円を置いていったのだろうか？

今の美由紀にとって、百万円というのは、大きな金額だった。

彼女が、今まで、男というか、店の客と一緒にホテルに行って、最高に貰《もら》ったのは、十六万円である。ただし、貰ったというよりも、相手がケチで、金を払おうとしなかったので、男が風呂に入っている間に、男の財布を盗んで、逃げてしまったのだ。その時の金額が、十六万円だった。

（やっぱり、あの男、会社の金を、横領して、逃げてきたのかも知れないな）

と、美由紀は、思った。

あのボストンバッグの中には、何百万円、あるいは、一千万円とか、二千万円とかの大金が、入っていたのかも知れない。

そう考えると、この百万円は、ひょっとしたら、口止め料かも知れない。

いずれにしても、百万円という、まとまった金が手に入ったのは、美由紀には嬉《うれ》しかった。

ホテルを出ると、銀座に、行ってみることにした。買いたいと思っていたシャネルのハンドバッグが、あったからである。確か、定価は二十五万円。前々から、買いたいと思っていたのだが、今日は、買うことができる。

銀座のシャネルの店で、白のハンドバッグを買い、その後、銀座で食事をして、美由紀が、巣鴨にある自宅マンションに帰ったときは、夜になっていた。

豊かな気分が、続いているので、今夜は、あの小さな店を、開ける気にはなれず、美由紀は、シャワーを浴びると、のんびりした気分で、すぐベッドに入ってしまった。

これも、銀座で買ってきたケーキを、食べながら、ボンヤリと、テレビを見ていたのだが、いつの間にか、眠ってしまった。銀座から新橋にかけて、ずっと歩いたので、疲れが出たのだろう。

目を覚ました時、何か、きき覚えのある歌がきこえてきた。耳をすませると、例の歌である。

「大江山いく野の道の遠ければ　まだふみも見ず天橋立」という、あの歌だった。

すぐには、どこから、きこえてくるのかが分からず、あわてて、テレビに目をやると、アナウンサーが、その歌を、繰り返しているのだった。

〈爆発事故のあった特急「文殊一号」は、新大阪発で、あの和歌で有名な、大江などを通って、終点の天橋立まで、行っています。この列車が、鬼の伝説で知られる大江駅を出てすぐ、突然、先頭のグリーン車で、爆発があり、現在までのところ、乗客のうち、二名の方の死亡が確認されています。この列車は、今も申し上げましたように、昔から「大江山いく野の道の遠ければ　まだふみも見ず天橋立」という小倉百人一首の歌で有名な、大江から宮津《みやづ》を通って、天橋立まで行く列車です。この列車のグリーン車で、爆発があり、二名の乗客が死亡しました。その死亡した二名の乗客のお名前を申し上げます〉

アナウンサーが、興奮した口調で、繰り返している。

美由紀は、すっかり、眠気が覚めてしまった気分で、テレビを凝視した。

問題の特急列車「文殊一号」の、走っている姿が、映し出される。そして、大江山で有名な、大江駅の駅舎が映されていく。

そして、アナウンサーが、話す。

〈問題の「文殊一号」は、大江駅を、十日の一九時〇四分（午後七時四分）に、発車しました。発車してすぐ、先頭の一号車のグリーンで、突然、大爆発があり、一号車は、脱線転覆。そして、駅員や消防、警察が駆けつけて、救助に当たりましたが、その結果、グリーン車に乗っていた二名の乗客が死亡し、五人が、負傷したことが分かりました。亡くなられた二人の乗客、及び負傷した五名の乗客のお名前を、申し上げます。死亡者は、中西武彦《なかにしたけひこ》さん、六十歳と、その連れと思われる、五十代

の女性。負傷者のほうは、笠原良《かさはらりょう》さん、池田清一郎《いけだせいいちろう》さん、林弘志《はやしひろし》さん、戸田邦夫《とだくにお》さん、津島《つしま》めぐみさん〉

と、アナウンサーが、いい、画面に、その名前が流されていった。

警察の調べによれば、この事故は、明らかに、先頭の一号車のグリーンに、何者かが仕掛けた爆発物によるものであって、殺人の可能性が極めて高いと、警察は、見ている。

くり返し、新大阪から、終点の天橋立に向かって走る列車、特急「文殊一号」の姿が、テレビ画面に、大きく映し出されていく。

その後、脱線して、横倒しになり、爆発のために、粉々になった窓ガラスや、ひん曲がった電車の車体などが、映し出されていくのだ。

気がつくと、すでに十二時を回っていた。

3

普通の事件なら、それが、列車爆破であっても、美由紀は、

(物騒な世の中になったものだ)

という感想ぐらいしか、持たなかっただろう。

しかし、今、テレビのアナウンサーが絶叫し、そして、テレビの画面に、映し出されている場所は、美由紀の生まれ育ったところだった。

両親は、すでに死んでしまっているし、親戚《しんせき》もいない。だから、ここ十数年、帰ったことのない故郷だが、こんな事件が起きると、やはり気を入れて、画面を見つめてしまう。

画面には、鬼の伝説で有名な、大江山の景色や、あるいは、宮津の漁港、そして、日本三景の一つ、天橋立などが、映し出されていく。

（私は、あの近くで、生まれたんだ）

と、そんなふうに、思いながら、美由紀は、テレビを見つめていた。

どの局を回しても、同じ爆破事件を、放送していた。

なぜか、急にお腹が空《す》いてきて、美由紀は、ベッドの上に座り直すと、食べ残してあったケーキを口に運んだ。

ふと、あの男のことを、思い出した。

（ひょっとすると、あの男が、この、列車爆破に、関係しているのではないだろうか？）

そんなことを、美由紀は、考えてしまった。

最初に思ったのは、この列車に、あの男が乗り合わせていたのではないか、ということだった。

百万円を、ポンとくれるほど、金を持っている男だから、もし、この特急「文殊一号」に乗っていたとすれば、おそらく、一号車のグリーンだろう。

とすれば、この爆破事件に、巻き込まれているかも知れない。

死者は二人。男のほうの名前は、中西武彦で、女性のほうは、その中西の連れと、思われるという。中西の年齢は、六十歳ということだから、どう見ても、あの男とは、思えなかった。少し老《ふ》けて見えたが、四十歳前後だろう。

とすると、

(負傷した五人、いや、男は四人だから、その四人の中に、入っているかも知れない)

と、美由紀は、思った。

画面に出ている五人の名前と、その年齢を見ていくと、戸田邦夫と、唯一の女性、津島めぐみの二人は、同じ二十五歳となっている。だから、この二人では、ないだろう。

ほかの笠原良は三十五歳、池田清一郎は四十歳、林弘志は六十二歳とあった。

該当《がいとう》しそうなのは、笠原良と、池田清一郎という乗客である。

死傷者の名前は、アナウンサーがいい、テレビ画面にテロップが流れたが、顔写真は、まだ出てこなかった。だから、この中に、果たして、あの男がいるのかどうかは、まだ、分からなかった。

美由紀は、百万円のことがあるので、この乗客の中に、あの男が、いないで欲しいと、願った。

4

夜中を過ぎても、この事件の続きが、テレビで、放映され続けた。

死亡した中西武彦、六十歳と、その連れと思われる女性は、中西武彦の妻、啓子《けいこ》と分かって、二人の写真が、テレビ画面に載った。

アナウンサーの説明では、中西武彦というのは、東京弁護士会に属する、かなり著名な弁護士らしい。

それから、負傷した五人の男女の顔写真も、テレビ画面に、映るようになった。

美由紀が心配していた二人、笠原良、三十五歳と、池田清一郎、四十歳の顔写真も出てきたが、あの男ではなかった。

負傷した五人や、あるいは、ほかの乗客の証言などから、中西武彦と、妻の啓子が並んで腰を下ろしていたシートの近くで、爆発が起こったことが分かってきたと、アナウンサーが、いう。

どうやら、この中西武彦夫妻を殺すために、何者かが、二人のシートの下に、爆発物を仕掛けたらしい。

「そうした疑いが、持たれています」

と、アナウンサーが、いった。

さらに、時間が経《た》つと、鉄道の車輛《しゃりょう》に詳しい専門家や、爆発物の専門家などが、登場してきて、今回の事件について、自分の意見を披露した。

爆発のあった「文殊一号」の模型が大きく映し出された。

一号車の半分が、グリーン車になっていて、あとの半分は、指定席になっている。そのグリーン車には、二人用のシートと、一人用のシートが並んでいる。その二人用のシートの一つに座っていた中西武彦と、妻の啓子が死亡したのである。

爆発物の専門家は、

「使用した爆薬は、最初、ダイナマイトと見られていましたが、調べてみると、どうやら、これは、アメリカ軍などが使う、プラスチック爆弾ではないかと、思われます」

と、いった。

美由紀は、負傷者の中に、あの男がいなかったことに、ホッとしたが、今度は逆に、あの男が、この事件の犯人ではないかという、そんな疑いが、胸に浮かんできた。

百万円もの大金を置いていったことが、考えようによっては、犯人ではない証拠のようにも、思えるが、逆に、あの男が、事件の犯人であることの、証拠のようにも思えてくる。

列車を爆破して、二人の人間を、殺してしまい、五人の男女を、負傷させたような凶悪な犯人が、百万円もの金を置いていくことなど、考えにくい。

そう思う一方で、あの、ボストンバッグの中には、今回の事件で使用された、爆発物が入っていたのではないか？

だから、美由紀が、手を出そうとすると、急に、怒って、怒鳴ったのではないのか？

そして、百万円は、口封じではないのか？　何も喋《しゃべ》るな。そういうつもりで、百万もの大金を美由紀に、残していったのではないのか？

5

ほかに、やはり気になるのは、男が口にした、例の和歌のことだった。

大江山いく野の道の遠ければ
まだふみも見ず天橋立

あの男は、いきなり、この歌を口にしたのだった。

なぜ、あの男は、ホテルに、行ってから、突然、思い出したかのように、小倉百人一首の中のあの和歌を口にしたのだろうか？　それは、ただの、偶然なのだろうか？

しかし、バーのママと一緒に、ホテルにしけ込んだ時、小倉百人一首の一つを、口ずさむなどという、そんな男が、いるだろうか？

酔っ払って、一緒に、演歌を歌ったりする客は何人かいたが、しかし、小倉百人一首を口にしたのは、あの男が、初めてだった。

彼が、事件の犯人だとすると、妙に、納得できるのだ。

あの男が、今回の事件の、犯人だとしよう。手に提《さ》げていたボストンバッグの中には、爆薬が入っていたことになる。

特急「文殊一号」は、アナウンサーが、何回も繰り返しているように、一七時〇五分に、新大阪駅を発車する。午後五時五分である。

今朝早く、巣鴨のホテルを出た、あの男が、もし、事件の犯人だとすれば、新幹線で、新大阪に向かい、新大阪から「文殊一号」に乗ったに違いない。そして、先頭のグリーン車の座席に、爆薬を仕掛けて、弁護士夫妻を殺し、五人の乗客を、負傷させた。

あくまでも、あの男が、犯人だったとしてのことだが、美由紀の店で、飲んでいた時も、ホテルに入ってからも、おそらく、緊張していたに違いない。あるいは、不安だったのかも知れない。

その不安を、少しでも、和《やわ》らげようとして、美由紀を誘ってホテルに行き、酒を飲み、彼女を抱いた。

そして、自分一人の胸の中に、収めていられなくて、といっても、列車爆破のことを口に出して、いうわけにもいかず、それで、例の小倉百人一首の和歌を、口にしたのではないのだろうか？

あの和歌の中に出てくる、大江山も天橋立も、今度、事件のあった特急「文殊一号」の行き先である。

そこを、第三セクターの、北近畿タンゴ鉄道が走っている。今回の爆破事件のあった特急「文殊一号」も、その路線を走っている。

あの男は、それとなく、自分が、これからやろうとしている犯行を、誰かに話したくて仕方がなかったのではないのか？

しかし、爆破のことを直接話せば、美由紀が、警察に、通報するかも知れない。

そこで、自分を納得させるために、あの和歌を口にしたのではないか。

だんだんと、美由紀には、そんなふうに、思えてきた。

それに、さらに勘ぐれば、後になってから、その言葉を思い出して、ああ、あの時と、美由紀が驚くのを想像するのが、男には、面白《おもしろ》かったのではないのか？

それを期待して、男は、あの和歌を、口にした。

ところが、その和歌のことを、美由紀が知っていた。それで、少しばかり、男の様子が、おかしくなってしまったのではないのか？

男は、謎《なぞ》めかして、あの和歌を、口にしたのに、美由紀が、あの和歌を知っていたので、ビックリしてしまった。それで、驚きながらも、感心したのかも知れない。

事件が起きた後、この女は、きっと、自分のことを、思い出すだろう。

あの男は、そう考えて、百万円を、置いていったのではないのか？

美由紀の店には、たまに、刑事が、飲みに来たりすることがある。その刑事がいっていた言葉を、美由紀は、思い出していた。

「犯人は、殺人を犯した時、自分のことを知られたくないと思う一方で、逆に、自分のことを、誰かに知らせたいような気持ちにもなってくるもんなんだ。特に、最近多くなった劇場型の犯行の場合は、その欲求が大きくなっているんだ」

あの百万円は、口止め料でもあるだろうが、その一方で、自分のことを、彼女に覚えさせておき、事件の後、男のことを思い出させようとして、金を置いていったのではないだろうか？

6

翌日になると、爆破事件の報道は、さらに詳しくなった。

美由紀は、珍しく、強い関心を持って、今回の爆破事件についてのテレビ報道を、見つめた。

午前中のニュースでは、警察は、犯人の確定に、全力を尽くしているが、容疑者は、浮かんでこないと、報じていた。

午後になると、捜査に当たっている京都府警の談話として、アナウンサーが話すことが、違ってきた。

殺された中西夫妻が「文殊一号」に乗ったのは、新大阪からである。二人は、終点の天橋立までの切符を買った。グリーン券を買い、先頭一号車のグリーン席に、腰を下ろした。

車掌の証言によると、中西夫妻が並んで腰を下ろしていた座席のすぐ後ろに、中年の男が乗っていて、その男は、大江駅で、下車している。

その男が、「文殊一号」から降りた直後、つまり、列車が、大江駅を発車した直後に、爆発があって、中西夫妻が死亡したというのである。

問題の、プラスチック爆弾は、中西夫妻が並んで座っていたシートの下に、仕掛けられていたと思われるので、二人の真後ろに乗っていた、中年の男が、もっとも、爆薬を仕掛けられる状況にあったと思われる。

そこで、京都府警では、大江駅で降りたこの中年の男を、第一の容疑者として、その行方を追っている。

アナウンサーは、そう報じた。

ただ、その中年の男が、どんな顔をしていたか、どんな服装をしていたかについては、何も報道されなかった。

車掌が、その男について、よく覚えていないということなのか、それとも、警察が、捜査のために、公表することを、控えているのか、美由紀には分からなかった。

しかし、容疑者が中年の男ということに、美由紀は、正直、ドキッとした。

美由紀は、起き上がると、マンションを出て、近くの本屋に行き、丹後《たんご》地方のことを書いた本や、北近畿タンゴ鉄道の写真集を買ってきた。

部屋に戻って、買ってきた写真集のページを繰《く》っていると、忘れていた、故郷の景色が蘇《よみがえ》ってくるのを感じた。もう二度と帰るまいと思っていた、丹後地方の風景である。

天橋立、宮津の町、そして、大江山の鬼の面などの写真が、ちりばめられている。それらの写真は、美由紀の若い時の、中学校や高校時代の思い出と、繋《つな》がっていた。

美由紀が生まれたのは、正式には、京都府の宮津市である。漁港に近いところで、そこで、両親は、小さな魚屋をやっていた。魚屋の娘のくせに、美由紀は、なかなか、魚の臭《にお》いになじめなかった。

それもあって、高校を出るとすぐ、東京に出てしまったのだが、その後すぐ、両親は、相次いで、亡くなってしまった。

家を出る時、最後に、母親が、

「あんたみたいな親不孝な娘は、いないよ」

と、いったのを、今でも、よく覚えている。

両親にしてみれば、何とかして、お婿《むこ》さんを貰って、美由紀に、魚屋を続けて欲しかったのかも知れない。

7

二日後の四月十三日の夜、美由紀の店に、突然二人の刑事が訪ねてきた。

二人とも若い刑事で、一人は、京都府警の三浦刑事と名乗り、もう一人は、警視庁捜査一課の、西本《にしもと》刑事と名乗った。

京都府警の三浦刑事は、カウンターに腰を下ろすと、ビールを注文してから、

「先日、京都で起きた、列車爆破事件のことを調べているんですがね。ぜひ、協力していただきたいのですよ」

と、いきなり、いった。

美由紀は、ドキッとしながらも、

「私は、あの事件には、何の関係も、ありませんよ。京都にも行っていないし、文殊とかいう特急列車にも、乗っていなかったんですから」

「ええ、それは、分かっているんですよ。ただ、あなたに、おききしたいことがありましてね。巣鴨駅の裏手にあるホテル、確か、ニュー巣鴨ホテルとかいいましたね？　あのホテルに、四月九日、岡村美由紀さん、あなた、泊まっていらっしゃい

ますよね？」

西本という警視庁の刑事が、きいた。

美由紀が黙っていると、西本刑事は、

「ホテルの話では、あなたが、よく利用されているということなんですが、それは、間違いありませんね？」

「利用しますけど、時々ですよ。うちに飲みに来るお客さんが、酔い潰《つぶ》れて、帰宅できない時なんかには、あのホテルを、利用してもらっているんです」

と、美由紀が、いった。

「四月九日、中年の男と一緒に、あのホテルに泊まった。これは、ホテルのフロント係が、証言しているんですよ。どうですか、思い出せませんか？」

西本刑事が、しつこく、きく。

「そのことと、事件とは、何か、関係があるんでしょうか？」

美由紀が、眉《まゆ》をひそめて、きいた。

それに対して、京都府警の三浦という刑事が、

「実は、これはまだ、発表はしていないのですがね、あなたの協力が必要なので、内密にお教えしますが、爆破のあった特急『文殊一号』のグリーン車の中にですね、

ボールペンが一本、落ちていたんです。これが、宣伝用のボールペンで、軸のところに『ニュー巣鴨ホテル』という文字が、印刷されていました。われわれは、警視庁の、こちらの、西本刑事に協力していただいて、このホテルに行って調べたら、中年の男が、あなたと一緒に、四月九日に、泊まっている。それに、翌四月十日は、事件の起きた日ですからね。それで、何らかの、関係があるのではないかと思って、こちらに伺ったというわけなんです」

美由紀は、それで、納得できたが、彼女が、口にしたのは、

「でも、あの時のお客さん、列車を爆破するような、そんな人じゃありませんよ」

「それでは、昔からの、おなじみさんなんですか？」

と、西本刑事が、きく。

「おなじみさんでは、ありませんけど、いい人だというのは、分かっているんです。列車を爆破するなんて、そんな恐ろしいことをするような人じゃありませんよ」

語気を強めて、美由紀は、いった。

「それでは、あなたは、そのお客の名前を、ご存じですか？　住所も知っているのなら、教えてもらいたいんですが」

西本刑事が、すかさず、きく。

「うちに飲みに来るお客さんに、いちいち、名前や住所なんか、ききませんから、もちろん、知りませんよ」

美由紀は、素っ気なく、いった。

今度は、京都府警の三浦刑事が、ポケットから折り畳んだ、似顔絵を取り出して、それをカウンターの上に、置いた。

「これは、あのホテルのフロント係と、それから、ルームサービスの女性に協力してもらって描いた、その男の、似顔絵なんですが、この似顔絵、あなたが、あのホテルに連れていった男に、間違いありませんね？」

と、三浦が、きいた。

あまりうまい、似顔絵ではない。しかし、あの男の特徴を、よくとらえていた。

それを、よく似ているというのは、癪《しゃく》で、美由紀は、

「私には、あまり、似ていないように思いますけど」

と、いった。

「これも、あのホテルのフロント係の証言なんですがね」

と、西本刑事が、いう。

「四月九日の夜、十二時近くに、あなたとその男が泊まりに来て、翌朝、先に、男

が一人で帰っていった。その後で、あなたが、ホテルを、チェックアウトした。フロント係は、そう証言しているんですが、これは、間違いありませんね？」

「ええ、それは、その通りですけど」

「その時、その男が、ですね、かなり、大きめのボストンバッグを持っていたと、フロント係は、いっているんですが、あなたは、そのことを、覚えていますか？」

「いいえ、あのお客さんが、何を持っていたかは、よく、覚えていませんけど」

「あなたは、その男とは、朝まで、一緒にいたんでしょう？　何か、話を、したんじゃありませんか？　どんなことでもいいんですが、男と話したことで、何か覚えていることはありませんか？」

京都府警の三浦刑事が、きいた。

「ほとんど、何も覚えていませんよ。刑事さんだって、ホテルに男と女が入れば、どんなことをするか、お分かりでしょう？　あんなところで、長々と身の上話をしたりなんて、しませんよ。ひと汗流して、それで、サッサと別れてしまうんですから」

「しかし、ホテルの、ルームサービスの話では、酒と寿司を注文されたと、証言しているんです。だから、あなたと、その男は、酒を飲みながら、寿司を、食べたんでしょう？　それは、間違いないんじゃありませんか？」

「ええ、確かに、ルームサービスを頼んで、お酒を飲んだり、お寿司を、食べたりしましたが、それが、何か？」

「その時、二人とも黙って、寿司を食べて、酒を飲んでいたわけじゃないでしょう？　何か、話をしたんじゃないですか？　どんなことでもいいんですよ。どんなことを、話したのか、教えていただけませんかね」

「ですから、今もいったように、ほとんど、何も話しませんよ。私は、あの人の名前も、住所も知らないし、だから、当たり障《さわ》りのない、景気が、よくなったかどうかとか、最近、お酒の量が、減ってきたとか、うちの店に、お客が来なくて困っているとか、そんな話しか、していないんですよ」

「その男ですがね、北近畿タンゴ鉄道の話を、しませんでしたか？　あの路線を走っている特急列車の話とか、大江山とか、あるいは、天橋立とかの、話は、しませんでしたか？」

　京都府警の三浦刑事が、きく。

「いいえ、そんな話は、しませんでしたよ」

「その男のほうがあなたより先に帰ったわけでしょう。どこに行くとか、これからどうするとか、そういうことは、いっていませんでしたか？」

西本刑事が、きいた。

「ねえ、刑事さん、別に、あのお客さんとは、深いなじみじゃないんです。たまたま、うちに飲みに来て、意気投合して、ホテルに行った。それだけの話なんですから、私だって、そんな、行きずりのお客さんのことは、すぐに忘れちゃうし、向こうだって、私のことなんて、覚えていませんよ。そんな男と女の間で、真面目《まじめ》な話とか、深刻な話なんか、するはずが、ないじゃありませんか？」

美由紀は、笑って見せた。

二人の刑事は、それ以上はきかずに、帰っていったが、翌日になると、今度は、警視庁の西本刑事が、一人でやって来た。

前と同じように、カウンターに、腰を下ろして、ビールの小瓶《こびん》を注文した後で、

「あなたのことを、調べさせてもらいましたが、あなたは、京都府の宮津の出身なんですね。向こうの中学と高校を出て、上京した。どうして、昨日来た時、そのことを、話してくれなかったのですか？」

とがめるように、いった。

「どうして、そんなことを、いちいち、刑事さんに、話さなくちゃいけないんです

か？　確かに、私は、宮津の町の生まれですけど、もう両親も亡くなってしまったし、親戚もいませんから、もう何年も、故郷には、帰っていないんです。また、帰りたくもありませんしね」

美由紀が、あっさりと、いった。

「しかし、あなたは、間違いなく、宮津で生まれて、そこで、育ったんですよね？　だから、あの周辺のことには、詳しいはずですよ。そのあなたが、四月九日、中年の客と一緒に、ニュー巣鴨ホテルに、泊まっている。その時、あなたが生まれ育った丹後地方の話、大江山の話とか、あるいは、天橋立の話なんかを、その客としたんじゃありませんか？」

西本が、しつこく、きいた。

「どうして、そんなふうに勘ぐるんですか？」

「別に、勘ぐってはいませんが、ひょっとしたら、そんな話が、出たんじゃないかと思いましてね」

「私は、飲みに来てくださるお客さんとは、そりゃ、いろいろなお話を、しますよ。でも、自分の身の上話なんて、したって、しょうがないじゃないですか？　お客さんに、いちばん嫌われるのが、身の上話なんですよ。だから、どんなお客さんに対しても、私は、自分の生まれ育ったところの話なんて、一度もしたことがないんです。四月九日の晩だって、私は、自分がどこで生まれたとか、どこで育ったとか、そんな話は、一度も、しませんでしたよ」

美由紀も、しつこく否定した。

「しかし、ですよ。偶然にしては、少しばかりできすぎた話なんですよ。あなただって、そう思うでしょう？　四月十日に、丹後地方を走る特急列車『文殊一号』が、何者かによって、爆破されて死者が出た。その容疑者と思われる中年の男が、車内に落としていったと思われるボールペン、それには『ニュー巣鴨ホテル』の文字が印刷されていた。そうして、前日の四月九日から十日にかけて、やはり、中年の男が、あなたと一緒に、ニュー巣鴨ホテルに、泊まっている。そして、これも、偶然とは、私にはどうしても思えないのだが、あなたが、丹後地方の出身だった。あなたの郷里に帰るには、新大阪から特急『文殊』に乗れば、いちばん早い。これだけ、偶然が重なると、刑事の私には、何かあると思えてくるんですがね」

「それって、どういうことなんですか？」

美由紀が、切り口上で、きいた。

「まさか、私が、犯人の一味だなんて、刑事さんは思っているんじゃないでしょうね？」

　美由紀が、いうと、西本刑事は、手を小さく横に振って、

「とんでもない。あなたが、今回の爆破事件に関係しているなんて、私たちは、これっぽっちも、思っていませんよ。ただ、これも、偶然だと思っていますけどね、あなたは、われわれが容疑者だと考えている中年の男と一緒に、ホテルに、泊まっている。だから、その時に、あなたの郷里のこと、つまり、丹後地方のことを話したんじゃないか？　何しろ、二人で酒を飲んで、寿司をつまんで、朝まで一緒にいたわけですからね。その時、男がどんなことを話したのか、どんな、様子だったのか、それを話していただけると、われわれとしては、大変助かるんですよ。捜査の参考になりますからね」

「でも、本当に、何も知らないんですよ。警察は、あのお客さんを、容疑者だと考えているようですけど、私は、そんなことはまったく思わないで、ホテルで、お酒を飲んで、お寿司を食べた。それだけですものね。もし、犯人だと分かっていれば、もちろん、いろいろと、きいているでしょうけど」

　と、いって、美由紀は、小さく笑ってみせた。

「本当に、何も、話さなかったんですか？」

「ええ、何も。もし、あのお客さんが、犯人だとしても、列車を爆破するような話を、私にするはずが、ないじゃありませんか？」

開き直ったように、美由紀が、いった。

西本刑事は、苦笑して、

「確かに、あなたのおっしゃる通りですが、しかし、ポロッと何か、いってしまったんじゃないかと、われわれは、想像しているんです。何しろ、爆破の現場に、ホテルの名前の入ったボールペンを、落としていくような犯人ですからね。あなたと、あのホテルに泊まった時は、翌日、列車を爆破するつもりになっていたでしょうから、間違いなく、興奮していたはずなんですよ。ですから、あなたに、何か話してしまったんじゃないかと、思っているんです。事件に繋《つな》がるようなことを、その男は、何も、話さなかったんですか？」

西本刑事が、執拗《しつよう》に、きく。

「何度でも、いいますけどね、私は、あの男の人とは、ただの、バーのママと、お客さんの関係でしかないんですよ。前に会ったこともないし、事件の後に、連絡をしてきたことも、もちろんありませんから。事件とは、本当に、関係がないんです」

美由紀は、少しばかり、怒ったような顔で、いった。

「この似顔絵ですけどね、実は、京都府警の三浦刑事が、コピーを持って帰って、爆破事件のあった特急『文殊一号』の車掌に見せたそうなんです。すると、車掌が覚えていた容疑者の男、つまり、死んだ、中西夫妻の座席の、すぐ後ろにいた中年の男に、この似顔絵がよく似ていると、証言したそうです。もう一度、よく見て下さい。あなたが、ホテルに一緒に泊まった男に、本当に、似ていませんか?」

西本刑事が、きいた。

「前にもいったように、私には、あまり似ているとは思えませんけど、そちらが似ているというのなら、それで、いいじゃありませんか?」

美由紀は、少しばかり面倒くさくなって、そんな答え方をした。

「ホテルのフロント係は、この似顔絵の男が、大きめのボストンバッグを、持っていたと、証言しているんです。しかし、あなたは、そういうことは、覚えていないと、そうおっしゃいましたね? でも、一緒に部屋に入って、深夜から、翌朝までいたのに、本当に覚えていないんですか? この男が、どんなボストンバッグを、持っていたかということをですよ」

「申し訳ありませんけど、覚えていないんですよ。でも、いいじゃありませんか?

ホテルのフロント係の人は、ちゃんと持っていたと、そういっているんでしょう？　だったら、それで、いいじゃありませんか。私が、覚えていなくたって」

美由紀は、また面倒くさくなって、素っ気ない、いい方をした。

「そうですか。それでは、これで、私は帰りますが、もし、そのお客から、電話があったり、手紙が、届いたりしたら、すぐ、警察に知らせてください。何しろ、これは、殺人事件ですからね。くれぐれも、よろしく、お願いしますよ」

西本刑事は、念を押して、帰っていった。

刑事が帰ってしまい、ほかに、客もいないので、美由紀が、店を閉めようとしていた時、カウンターの上の電話が、鳴った。

美由紀は、受話器を取って、

「もしもし」

と、いったが、すぐには、相手の声が伝わってこなかった。

もう一度、

「もしもし」

と、いうと、やっと、男の声で、

「バー・プチモンドだね？」

と、きいた。

その声に、美由紀は、覚えがあったので、

「小倉百人一首の、お客さんでしょう？　そうなんでしょう？」

と、きいた。

男の返事がない。

「あなたに、ききたいことがあったの」

「どんなことだ？」

男が、ぶっきらぼうに、きく。

「あなたは、百万円もの現金を置いて、先に帰ってしまったでしょう？　あの百万円は、いったい、どういうつもりのお金だったの？」

美由紀が、きいた。

「あの夜は、楽しかった。だから、そのお礼だよ」

と、男が、いう。

「ねえ、あのお金には、口止めの意味もあるんじゃないの？」

「口止めって、何のことだ？」

「例の特急列車の事件のこと」

「特急列車の事件って何だ？　俺は、何も知らないぞ」

「でも、京都府警の刑事と、警視庁の刑事がうちに来て、あなたのことを、いろいろときいていったわよ。何でも、例の爆破のあった列車の車内に、ニュー巣鴨ホテルの、ボールペンが落ちていたんですって。だから、刑事が、それをたどって調べて、私の店にまで、やって来たの。そうして、いろいろと、あなたのことを、きいていったわ」

「それで、何か話したのか？」

「もう一つ、似顔絵を見せられたわ。でも、私は、知らない人だと、いったわ。それに、あなたとは、一日限りの、店のママとお客の関係だから、何も知らないと……。それでいいんでしょう？」

「本当に、何も、話さなかったのか？」

「ええ、何も話さなかったわよ」

「どうして、何も話さなかったんだ？　いろいろと、しつこく、きかれたんじゃないのか？」

「別に、警察に話す必要はないと、思ったから」

と、美由紀は、いってから、

「今、どこにいるの？」

と、きいた。

「そういうことは、知らないほうがいい。とにかく、あの夜は、お前さんのお陰で、とても楽しかったよ」

そういって、男は、電話を切った。

第二章　男の顔

1

ゴールデンウィークが終った五月十日。

その夜、事件が通報された。

巣鴨《すがも》駅の裏通りに、細い路地があり、その、どん詰まりのところに、小さな飲み屋があった。

木造二階建ての、一階の部分が店で、二階に上がると、六畳と、小さなキッチンがあり、泊まれるようにも、なっている。

この飲み屋をやっているのは、水野和子《みずのかずこ》、三十五歳。店の名前も「和子」である。

この店が、なぜか、最近ずっと、閉まったままで、ドアのところには、

〈しばらくの間、休業させていただきます。和子〉

と書かれた紙が、張ってあった。

五月十日の夜、十一時二十分、一一〇番があった。男の声で、

「人がさ、死んでいるんだよ。すぐに来てくれよ」

その声は、少しばかり、酔っているような感じに、きこえた。

「場所を教えてください。どこですか？」

通信指令センターの担当者が、男に、きいた。

「場所といわれたって、どこだか、よく分からないな。とにかく、ＪＲの、巣鴨駅があるだろう？　その裏に、小さな路地が、あるんだよ。飲み屋街さ。そのどん詰まりのところに、『和子』という飲み屋が、あるんだ。その二階だよ。女が、死んでいるんだ」

「あなたの名前は？」

「俺の名前なんかきいて、どうするんだよ？」

「あなたは、その飲み屋のお客さんですか？」

「さあ、どうかな、お客かな。よく分からないな。とにかく、そんなことは、どうでもいいからさ、早く来てくれよ」

そういって、男は、電話を切った。

すぐ、パトカーが、現場に駆けつけた。

狭い路地には、パトカーが入っていけない。そのため、パトカーから降りた、警官二人が、飲み屋街と呼ばれる路地に飛び込んでいった。

「路地の突き当たり、ああ、この店らしいぞ」

警官の一人が、いった。

閉まったままのドアに、「和子」と書いてあったからである。

「しばらくの間、休業しますと、張り紙がしてあるが、本当に、この中で、人が死んでいるのか？」

もう一人の警官が、首をひねり、拳《こぶし》を作って、ドアを強く叩《たた》いた。しかし、返事はない。

「とにかく、入ってみよう」

もう一人の警官が、いって、強引に、ドアを、こじ開けた。

店の中は、真っ暗だった。

警官の一人が、電気のスイッチを、見つけて、それをひねった。店の中が、急に明るくなる。

カウンターがあり、そのカウンターに向かって、五つの椅子《いす》が並んでいる。それだけの、小さな店だった。

カウンターの奥には、小さな、冷蔵庫があるのだが、なぜか、その扉が、開いたままになっている。

カウンターの上には、空になったものと、飲みかけのビール瓶《びん》が、二本とグラス。誰かが、ここで、冷蔵庫から取り出したビールを、飲んでいたのだろう。

カウンターの端には、電話機があった。

ここから、酔っ払った男が、一一〇番したらしい。

「何か臭《にお》うぞ」

警官の一人が、いった。

何か、物の腐ったような、臭いがしてくる。

「二階だ！」

と、片方が、いい、二人は、急いで狭い階段を上がっていった。

二階も暗い。警官の一人が、電気をつけた。

六畳の部屋に、安物のベッドが一つ、それから、小さな半畳ほどの、キッチン。

ベッドのそばに、女がうつ伏せに、倒れていた。

強烈な腐臭が漂っている。

警官の一人が、その臭いに、眉《まゆ》をひそめながら、寝巻き姿の女の首に、ロープが巻きついているのを、見つけた。

明らかに、殺しだった。

2

細い路地が、警官と、懐中電灯の明かりに、満ちあふれた。もう少し、早い時間なら、路地に並んだ飲み屋が、まだ開いていて、酔っ払いが、野次馬となって、押しかけてきていただろう。

幸か不幸か、すでに午前一時に近く、どの店も、閉まっているから、野次馬も、集まってはこない。

殺人事件ということで、まず、地元の巣鴨警察署の刑事が、やってきて、店内を調べ始め、続いて、警視庁捜査一課から、十津川警部と、刑事たちがやって来た。

鑑識も、指紋採取と、現場の写真撮影のために、やって来る。

狭い飲み屋の一階も、二階も刑事たちと、鑑識のフラッシュとで、一杯になった。

検屍官《けんしかん》が、死体を診《み》てから、

「一カ月以上経《た》っているね」

と、十津川に、いった。

「ロープを使った殺しに、間違いありませんかね?」

と、十津川が、きく。

「まず、間違いないが、それにしても、酷《むご》いものだ」

検屍官が、つぶやいた。

死体のそばに転がっているハンドバッグから、亀井刑事が、運転免許証を、取り出して、十津川に、渡した。

「この店のママの水野和子、三十五歳に間違いないようです」

亀井が、いった。

「一カ月以上も、死体が発見されなかったところを見ると、被害者には、親しい家族がいないのかも知れないな」

と、十津川が、いった。

（老人の孤独な死と、いわれるが、この東京では、三十代の若さでも、孤独な死ということが、あり得るのだ）

そんなことを、十津川は、考えながら、六畳の狭い部屋の中を見回した。

死体のそばには、小さなちゃぶ台が、置かれている。その上に、皿が二枚、そして、スプーンが二つ。

どうやら、その皿には、カレーライスが、盛られていたらしい。その食べ残しが、すでに腐って変色し、臭っていた。

畳半畳ほどの、小さなキッチン、そこには、鍋《なべ》が、ガスコンロの上に、置かれていたが、蓋《ふた》を取ると、そこにもカレーの残りがあって、同じように、腐って変色し、臭っていた。

検屍官は、死亡してから、少なくとも一カ月以上は、経っていると、いっていた。とすると、部屋の状況から、こんなことが、考えられた。

一カ月以上前の、その日、犯人と、この店のママの水野和子は、この二階の部屋で、彼女が、カレーライスを作り、犯人と、二人で食べた。

その時、水野和子は、寝巻きに、着替えていたと思われるから、相手は、親しい男だったのかも、知れない。

二人が、カレーライスを、食べ終わったあと、なぜか、男は、水野和子を、ロープを使って絞殺し、逃げたに違いない。

今夜、一一〇番してきた男がその犯人と同一人物とは、まず、考えられなかった。犯人自身が、自分の犯した犯行を、一カ月以上も経ってから、わざわざ、警察に知らせてくるとは、考えにくかったからである。

死体は、司法解剖のために、東大病院に送られ、捜査本部が、巣鴨警察署に置かれた。

3

翌日になると、店の電話機と、半分ほど飲み残されたビール瓶二本、グラスから、指紋が検出された。

その指紋は、殺人未遂の前科のある加藤昭夫《かとうあきお》、三十八歳のものと判明した。

すぐ、加藤昭夫の指名手配が行われた。加藤昭夫の顔写真が、テレビで放映され、新聞にも載った。

さらに次の日、五月十二日になると、その加藤昭夫が、巣鴨警察署に、自首してきた。

亀井刑事が、訊問《じんもん》に当たった。

加藤は、亀井に向かって、

「最初にいっておくけどな。俺は、女を殺してなんかいないよ」

と、いった。

亀井が、笑って、

「そんなことは、分かっているよ。あの店の二階で、発見された死体は、少なくとも、一カ月以上も、前に殺されているんだ。それとも何か、君は、一カ月以上前にも、あの店に忍び込んで、店のママを殺したとでもいうのか？」

「とんでもない。一昨日の晩、何か、金目のものがないかと思って、裏口から、あの店に忍び込んだだけだよ。一階の店で、ビールを、飲んでいたら、二階から、変な臭いがしてきやがった。二階に上がっていったら、あの寝巻き姿の、死体を見つけたというわけさ。それで、店の電話を使って、一一〇番したんだよ」

「どうして、君は、一一〇番したんだ？　サッサと、逃げてしまえば、よかったじゃないか？」

亀井が、いうと、加藤は、照れたかのように、頭をかきながら、

「そうなんだよな。確かに、そのまま、逃げちまえば、よかったのかも知れないけどさ。腐りかけている死体を、見たら、何だか可哀相《かわいそう》になっちゃったんだよ。このままだと、いつまでも、誰にも、見つからないんじゃないかと、そう思ってね」

「それだけじゃないだろう？　自分が、犯人にされると困るから、一一〇番したんじゃないのか？」

「まあ、正直な話、それもあるかも、知れないけどよ。俺は、わざわざ、一一〇番して、店の女が殺されているのを、警察に知らせたんだぜ。あの店に、忍び込んだことぐらいは、帳消しにしてくれないか？　何も盗んでいないし。ただ、二本ばかり、黙って、ビールは、飲んだけどよ」

加藤が、いう。

「本当に、何も盗まなかったのか？」

「ああ、何も盗んじゃいないよ。今もいったように、ビール二本、いや、正確には、一本半飲んだだけだ」

「それは、おかしいな。二階にあった、被害者のハンドバッグに、お前さんの指紋が、付いていたんだがね」

亀井が、脅かした。

実際には、ハンドバッグからは、指紋は検出されていない。ただ、ハンドバッグの口は、開いていた。だから、何かを、この加藤が盗んだ可能性は、大いにある。

そう思ったのだ。

亀井の脅かしが効いたのか、急に、加藤は、脅《おび》えたような顔になって、

「あんなハンドバッグなんか、触っていないぞ」

「いや、ハンドバッグの口が、開いていて、お前さんの指紋が、付いていたんだよ。あのハンドバッグから、何を盗んだんだ？」

亀井が、突っ込むと、加藤は、急に黙ってしまった。

「正直にいったほうがいいな。そうすれば、お前さんが、一一〇番したことを、考慮して、情状酌量《しゃくりょう》される」

と、亀井が、いうと、

「少しばかり、金を借りたんだ」

「借りた？　死人からか？」

「ああ、借りたつもりだったけど、死人は何もいわなかったからね」

加藤が、ニヤニヤ笑った。

「あのハンドバッグの中から、いくら盗んだんだ？」

「百万円だよ。ハンドバッグの中に、一万円札で、きっちり百枚、帯封付きで、入っていたんだよ」

「本当に、百万円入っていたのか？」

「ああ」

「その百万円は、どうした？」

「使った」

「二日で、百万円も使ったのか？」

「ああ、アブク銭だからね。昨日一日、豪遊したんだ。一銭も残さず、きれいさっぱり使ってやったよ。どうせ、死んじまった、あの店の、ママさんは、これから先も、金は使えないからね。俺が、代わりに、使ってやったんだよ」

加藤は、笑いながら、いった。

4

司法解剖の結果、死因はやはり、ロープを使った、絞殺による、窒息死と分かった。ただし、死亡推定時刻は、一カ月以上前ということで、限定できないと、された。

だが、その後、十津川たちが、あの路地の、ほかの飲み屋のママや、バーテンなどに、きいたところ、水野和子の店が、急に張り紙をして、閉まってしまったのは、三月十二日からだということが、分かった。

となると、三月十一日の夜に、水野和子は、殺された可能性が高くなってくる。

三月十一日の何時頃に殺されたのか、それも、推測することができた。

というのは、一杯飲み屋の「和子」が、店を閉めるのは、大体、夜の十一時頃と決まっていたからである。これは、同じ飲み屋街の人たちの証言や、何度か、和子の店に、飲みに行っていた客の証言から、明らかになった。

殺された時、和子は、すでに寝巻きに着替えていた。となれば、店を閉めたあとに、殺された可能性が高い。

となると、死亡推定時刻は、三月十一日の夜十一時以降と、推測された。

捜査会議で、女性刑事の北条早苗《ほうじょうさなえ》が、こんな発言をした。

「これは、偶然かも知れませんが、三月十三日の朝、箱根湯本の駅近くにある、広い駐車場の一角で、東京ナンバーの、乗用車が一台、爆破されて、運転席で男が一人、爆死しました。死亡したのは、東京の渋谷区代々木《よよぎ》で、IT産業の会社をやっている、川野健太郎という社長でした。爆破された車は、川野の所有する車、ベンツのS六〇〇で、使われた爆弾は、その後の捜査で、プラスチック爆弾と、判明しています」

「君は、その爆破事件と、三月十一日の夜、巣鴨の飲み屋で殺された、水野和子とが、何か関係があるというのかね？」

十津川が、きいた。

「関係があるかどうかは、分かりません。しかし、四月十日に、新大阪から、天橋立《あまのはしだて》に向かう特急『文殊一号《もんじゅ》』の中で、爆破事件があり、弁護士夫妻が、殺されています。そこで使われたのも、プラスチック爆弾だと、いわれています。そして、もう一つ、爆破事件の容疑者ですが、その前夜、東京のバーのママの岡村美由紀という女性と一夜を共にしたと、思われ、彼女のことを、捜査したことがあります。その時の捜査で、容疑者は、彼女のことが、気に入って、百万円を渡していったということが推測されています。そのため、今回の事件と関係ありそうな気がして、それで、申し上げたんですが」

「彼女は、男から百万円貰ったと、いっているのか？」

「いえ。彼女は否定しています」

「それじゃあ、どうして、彼女が、男から百万円貰ったと、断定できるんだ？」

　十津川が、眉をひそめて、きく。

「彼女の四月十日の行動を、調べてみたのです。彼女が男と、ホテルで一夜を共にした翌日の行動です」

「それで、何がわかったのかね？」

「彼女は、銀座へ出ると、シャネルの専門店で、二十五万円の白のハンドバッグを、買っています。私は、その時に応対した女店員に話をきいたのですが、美由紀は、自分のハンドバッグから、白い封筒を出し、その中から、ピン札の束を取り出し、二十五枚を払ったそうです。女店員は、その封筒には、少なくとも百万円は入っていたと思うと、証言しています」

「ほかには？」

「これも、同じ女店員の証言ですが、美由紀は終始、楽しそうだったといっています。そのあと、この近くで、食事をしたいので、気の利いた店を教えてくれと、いわれたそうです。それで、近くのレストランを教えたといっています。その店は、銀座では有名で、美由紀が知らなかったところを、みると、この人は、そんなに度々は、銀座には来ていないのだと思ったそうです」

「君は、そのレストランでも、話をきいたのか？」

「はい。きいて来ました。美由紀は、このレストランでも、終始、楽しそうだったそうです」

「その店は、銀座でも有名なレストランなんだろう？」

「レストランNです」

「ああ、名前は知ってる。私も、行ったことがあるよ。しかし、あの店は、いつも客で一杯のはずだ。それなのに、店員は、よく、美由紀のことを、覚えていたね？」

十津川がいうと、早苗は微笑して、

「その店での美由紀の様子が、変わっていたというか、ほほえましかったので、店員が覚えていたそうです」

「どんな風にだね？」

「美由紀は、食後のコーヒーを飲みながら、シャネルの箱から、白いハンドバッグを取り出して、古いバッグから、財布や、白い封筒や化粧道具などを移していた。嬉《うれ》しそうにです。よっぽど、シャネルのハンドバッグを買えたのが、嬉しいのだろうと、店員は、思ったそうです。ここで、美由紀は、ケーキを買ったそうです」

「それで、君は、美由紀も男から百万円貰ったと考えるんだな？」

「そうです。ほかに考えようがありません」

「なるほどね」

「そして、先ほどもいいましたように、この日、特急『文殊一号』で、プラスチック爆弾を使った爆破事件が、起きています」

「うん、あの事件ね」

十津川は、いい、立ち上がると黒板に向かって、

「特急『文殊一号』の爆破事件」

と、書いた。

「この二つの事件が、関係があるかどうかということですが」

十津川がいうと、捜査本部長の三上《みかみ》刑事部長が、

「北条刑事の話をきくと、確かに、シチュエーションは、よく似ているような気がするんだが、君の考えは、どうなんだ？」

と、十津川に、きいた。

「そうですね。確かに、いくつか、似ている点があります」

と、十津川は、いい、その似ている点を黒板に書き出した。

一　巣鴨の小さな飲み屋
二　百万円
三　翌日または翌々日の爆破事件
四　プラスチック爆弾

「今ここに書いた、この四つの点が、類似していますが、逆に、違っている点もあります。特急『文殊一号』の場合は、小さなバーのママの、岡村美由紀は、殺されていませんが、今度見つかった、水野和子の場合は、ロープを使って殺しています」

「類似点が四つ、違う点が一つか」

と、三上が、いった。

「確かに、違いは、一つしかありませんが、しかし、殺すのと、殺さないとでは、大きな違いです」

と、十津川は、用心深くいった。

それでも、同一犯の可能性があるということで、十津川と亀井は、自動車爆破事件のあった、箱根湯本に行ってみることにした。

5

二人は、箱根湯本で、神奈川県警の三沢《みさわ》という警部に会った。

三沢が、爆破事件のあった駐車場に、案内してくれた。

箱根湯本駅の近くである。そばに、ホテルKがあった。

「あれは、三月十三日の午前八時過ぎでした。この駐車場には、監視カメラがついているのですが、問題の車が、停《と》めてあったのは、カメラの死角になっていました。八時半少し前に、停めてあった車が、爆発したんです。メタリックシルバーのベンツS六〇〇が、大音響とともに爆発しましてね。炎に包まれ、鎮火した後には、運転席で男が一人、焼死していました。それが、東京で、IT産業の会社の、社長をやっている川野健太郎《かわのけんたろう》という男で、四十二歳でした。あとで分かったのですが、この駐車場の向こうに、大きなホテルが見えるでしょう？　あれが、ホテルYで、川野は、前の日の午後から、あのホテルに泊まって、女と、会っていたんですよ。女の名前も分かっています。浅井慶子《あさいけいこ》、三十二歳。女優です」

「ああ、浅井慶子ですか。その名前なら、私も知っていますよ。テレビで、何度か、見たことがありますから」

と、十津川が、いった。

「川野には、奥さんがいますから、秘密のデートでしょうね。翌朝、ホテルの前で、別れて、川野は、ここに停めてあった、自分の車に乗り込んだ。そして、エンジンをかけた途端に、ドカーンです。運転席の川野は、おそらく、即死だったろうと思われます」

「その時、使われた爆弾が、プラスチック爆弾だったというのは、間違いないのですか？」

「爆発物の専門家が、そういっていますから、まず、間違いないでしょう。プラスチック爆弾は、エンジン部分に、仕掛けられていたんですよ。ものすごい、爆発だったようですから、運転席にいた川野健太郎は、ひとたまりもなかったでしょうね」

「容疑者は、浮かんでいるんですか？」

亀井が、きくと、三沢警部は、苦笑して、

「容疑者なら、何人もいますよ。いろいろと調べていくと、川野健太郎という男は、かなりあくどいことをやって、会社を大きくしてきたというのです。同業者は、もちろんのこと、何人もの人間に、恨まれていたし、あるいは、嫉妬《しっと》されていたということは、多くの人間が、証言していますから。川野の会社で、働いていた人間で、辞めていった人間のなかにも、川野を恨んでいる者が、何人も、いるんですよ。そのなかで、特に容疑の濃い人間が、五人いましてね。その全員の、アリバイを調べてみたのですが、困ったことに、五人ともちゃんとした、アリバイがあるんです。誰も彼もが、三月十二日から十三日にかけて、東京を離れて、旅行しているんですよ。まるで、アリバイ作りのために、わざと、旅行しているような感じです」

三沢警部が、苦笑した。

「ひょっとすると、殺し屋を、雇ったのかも知れませんね」

十津川が、いった。

「殺し屋ですか？」

「爆弾の専門家を雇って、川野健太郎の車に、プラスチック爆弾を、仕掛けた。そういうことは、考えられませんか？」

「容疑者五人の一人が、人を雇って、殺したんじゃないか？　それも考えてみました。しかし、そんな風に、考えると、余計に、犯人の特定が難しくなってきましてね。それで困っているんですよ」

三沢が、いった。

「箱根湯本での事件のほぼ一カ月後に、天橋立行きの特急『文殊一号』の車内で、爆破事件が起きて、弁護士夫妻が、殺されました。その事件について、どう考えられますか?」

十津川が、改まった口調で、きいた。

「その事件のことは、新聞で、読みましたが、こちらの事件と、何か関係があるのですか?」

三沢は、少しばかり、驚いたような顔で、十津川を見た。

「まだ、はっきりとはしませんが、一応、お話ししておきたいと、思います。五月十日の夜、東京の巣鴨の飲み屋で、店のママが、死体で発見されました。すでに、腐敗が、だいぶ進んでいて、死んだのは、三月十一日の夜だと分かりました。被害者の名前は、水野和子、三十五歳で、店の名前も『和子』です。現場の状況から、三月十一日の夜、ママの水野和子は、店を閉めた後、男と、店の二階に上がり、そこでカレーライスを作って、食べたりしたと思われるのですが、その後、彼女は、なぜか、分かりませんが、殺されてしまったんですよ。死因は、首を絞められたことによる、窒息死でした。もう一つ、四月十日に、今申し上げた、天橋立行きの特急『文殊一号』の中でも爆発が起きて、二人の乗客が死んでいるんですが、その現場の車内に、東京巣鴨にある、ホテルの名前が印刷してある、一本のボールペンが落ちていましてね。そこで、京都府警からの、協力要請があって、われわれは、そのホテルから、近くのバーのママを割り出しましてね、そこに行ってみたんです。そのバーは、ママが一人だけでやっている、小さな店なんですが、ママの名前は、岡村美由紀、三十三歳です。彼女の話によると、四月九日の夜、店に飲みに来た男がいて、その男と駅裏のホテルで、一夜を共にした。彼女が寝ている間に、男は消えてしまっていたのですが、どうやら、百万円の入った封筒を置いていったと、推測されているんです。一方、巣鴨の一杯飲み屋の事件ですが、殺された水野和子のハンドバッグの中に、これも、百万円の入った封筒が入っていました」

「何だか、似たような話ですね」

三沢は、目を光らせた。興味津々《しんしん》という顔になっている。

「これからあとは、あくまでも、私の想像でしかないんですが」

十津川が、いうと、若い三沢警部は、ニッコリして、

「私も、十津川さんの話をききながら、一つのストーリーを、作ってみましたよ。

おそらく、十津川さんと、同じじゃないかと思うのです」

と、いってから、

「三月十一日の夜、男が東京巣鴨の一杯飲み屋で飲み、看板になってから、その店のママと二階に上がって、寝たと思われる。男は、そのお礼というのか、そのママのことが、気に入ったのか、百万円の入った封筒を、彼女にプレゼントした。ところが、そのあとで、何があったのかは、分からないが、男は、彼女の首を、絞めて殺してしまった。その翌日、男は、この箱根湯本に来て、駐車場に停めてあった、川野健太郎の車に、プラスチック爆弾を仕掛けた。翌朝、それを知らずに、川野は、車を発進させようとして、爆発が起き、死んでしまった。その一カ月後、同じ男が今度は、やはり巣鴨の小さなバーにやってきて、そのバーのママとホテルに、しけ込んだ。その時も男は、女のことが気に入ったのか、百万円の入った封筒を置いて、姿を消した。その後、男は、京都府の天橋立行きの特急『文殊一号』の車内に、プラスチック爆弾を仕掛け、乗っていた弁護士夫妻を、殺した。そういうストーリー、じゃないですか？」

「その通りです。問題は、このストーリーが、事実かどうかということです。今のところ、あくまでも、頭の中で考えたに過ぎないストーリーですから」

　十津川は、慎重に、いった。

「一見すると、ありそうな話ですが、同時に、考え方を変えると、ありそうもない話に、なってきますね。いちばんのネックは、百万円じゃないでしょうか？」

　三沢警部が、いった。

「その点は、同感ですね」

「これから、爆弾を使って人を殺そうとしている男がいた。その前に、ちょっと、遊んでおこうと思って、小さな店に行き、そこで飲んで、ママと一夜を、過ごした。男は、女のことが気に入ったので、金を渡した。そして、男は、頼まれていた仕事に、取りかかった。そういうことじゃないでしょうか？」

「しかし、百万円は、どう考えても、額が大きすぎますよ」

　十津川が、いった。

「でも、現実に、百万円はあったわけですね？」

「そうです。殺された、一杯飲み屋のママ、水野和子のハンドバッグの中にも、百万円が入っていましたし、一カ月後、男と一緒にホテルに泊まったバーのママも、百万円を、貰っているんです」

「少しばかり、お伽噺《とぎばなし》めいていますが、現実に、男が、百万円を二人の女に渡した。

これは、事実になってきますね。しかし、ただその女が、気に入ったからといって、どうして、百万円もの大金をやったんでしょうかね？」

三沢が、また首を傾《かし》げた。

6

「口止め料じゃありませんか？」

亀井が、横から、いった。

「口止め料か」

十津川が、つぶやく。

亀井は、続けて、

「私は、こんなふうに、考えてみたんです。殺された、水野和子にしても、もう一人の、岡村美由紀にしても、三十代で、小さな店を一人でやっているという、境遇ですからね。それほど、幸福だったとは、思えない。むしろ、辛《つら》い境遇にいた、女じゃないかと、私は想像しますね。一夜だけ、ベッドを共にした男が、ポンと、百万円を置いていった。そうなると、女は、彼女が不幸なほど、百万円を置いていった男に、恩義を、感じてしまうのではないでしょうか？　その結果、女は、自分に、百万円もくれた男のことを、警察には、話そうとしなくなる。それを狙《ねら》って、男は、気前よく、百万円を置いていったんじゃないでしょうか？」

「しかし、三月十一日の時は、女を殺していますよね？　そうなると、百万円の意味がなくなってしまうんじゃ、ありませんか？」

三沢警部が、亀井に向かって、いった。

「最初、男は、水野和子のサービスがよかったので、それに、口止め料ということもあって、百万円を渡した。その時には、彼女を、殺すつもりなんか、これっぽっちも、なかったと思いますね。ところが、水野和子のほうが、何か、男を、怒らせるようなことを、口走ったんじゃないか？　そう思うんですよ。例えば、男に向かって、こんな大金をくれるのは、怪しいとか、あるいは、何か、危ないことを、やる気じゃないのかとか、そんなことを、いったのかも知れません。それで、男は、かっとして、彼女の首を絞めて殺してしまった。そんなことを考えるんですがね」

亀井が、考えながら、いった。

「しかし、女を、殺してしまったのなら、どうして、百万円を、奪い返してから、逃げなかったんでしょうか？　そうすれば、あとで、箱根湯本と特急『文殊一号』

の車内での、犯行との類似性を、警察に気づかれなくて、助かったんじゃないかと思いますがね」

「三月十三日の自動車爆破のほうが、天橋立の事件よりも一カ月ほど、前なんですよ。もし、これが逆だったら、男は、百万円を奪い返して逃げたと、思いますね。同じような事件、同一犯人、そういうふうに思われるのは、危険ですからね。ところが、順序が逆だったから、男は、殺したことに、狼狽《ろうばい》して、百万円を取り返すことなど忘れて、逃げたんじゃないかと、私は思いますが」

亀井が、そういって、三沢警部を見、十津川の顔を見た。

「もし、同一人の犯行ということになれば、うちが、捜査をしている事件についても、進展が期待できますね。天橋立事件では、百万円を貰った女は、殺されて、いないんですから、犯人の顔を見ていることになりますね。その点は、どうなんですか？」

三沢が、きくと、十津川は、ポケットから折り畳んだスケッチを取り出し、それを広げて、三沢に見せた。

「これが、巣鴨駅近くのホテルのフロント係などの証言を、元にして描いた、男の似顔絵です。ただ、これは、ちょっと、使えません」

「どうして、使えないんですか？」

三沢が、きく。

「今も話したように、このバーのママ、岡村美由紀ですが、どうも、百万円を貰ったことに、感動してしまっていて、男に、同情的なんですよ。それは、彼女を捜査した報告をきいていても、分かります。彼女は、この似顔絵が、あまりよく似ていない、というんですよ。それで、いずれにせよ、この似顔絵は、使わないほうがいいと、私は考えています」

「それなら、なぜ、十津川さんは、今も、持っていらっしゃるのですか？」

三沢が、理解できないという顔で、きいた。

「今もいったように、この似顔絵は、本物の男には似ていないかも知れないと、私は思っています。しかし、その一方で、この似顔絵のどこかに、男の特徴が、出ているんじゃないか？　そんな思いも、あるので、この似顔絵を大事に持っているんです」

と、十津川は、いった。

このあと、三沢警部は、爆死した、川野健太郎と一緒に、箱根湯本のホテルＹで一夜を共にした、女優の浅井慶子に、会いに行くという。十津川たちは、三沢と別れて、バーのママ、岡村美由紀に、会いに、行くことにした。

7

美由紀の店は、相変わらず、空《す》いている。十津川と亀井が行った時は、五十歳ぐらいの男が、一人で、飲んでいたが、十津川たちが、椅子に座ると、入れ替わりに、帰ってしまった。

十津川は、カウンター越しに、美由紀に向かって、

「近くの飲み屋街に、『和子』という名前の、小さな、飲み屋があるんですよ。その店は、水野和子というママが、一人で、やっていた店なんですがね。その女性が、二カ月も前に、殺されていることが分かりましてね。今、その事件を捜査しているんです」

「殺された、その女の人が、私の知っている人、とでもいうんですか？」

美由紀が、ぶっきらぼうに、きき返した。

「いや、そこまでは、いってませんが、あなたに、とてもよく似た、境遇の女性なんですよ」

十津川が、いった。

「私と、境遇の似た女なんて、この世の中に、掃いて捨てるほどいますよ。決して、珍しいことじゃありませんよ」

美由紀は、相変わらず、素っ気ない、いい方をする。

十津川は、構わずに、

「実は、われわれの捜査で、彼女が、三月十一日に死んだことが、分かったんですよ。ロープで首を絞められて、殺されたんですが、その場に、犯人、恐らくは男が、しばらく一緒にいたことも、分かりました。食卓には、カレーライスが、二人前並んでいましたし、殺された水野和子は、寝巻き姿でした。だから、彼女は、犯人の男のために、カレーライスを作ってやり、また、寝巻きに、着替えて、一緒に寝たことが、容易に、想像できるんです。その男は、それに感動したのか、百万円の入った、封筒を彼女に、渡しているんですよ。ところが、その二日後の三月十三日、箱根湯本の駐車場で、一台のベンツが、突然爆発しましてね。川野健太郎という、四十二歳の、会社社長が殺されました。使われた爆薬は、プラスチック爆弾でした。いまだに、この犯人は、捕まっていません」

十津川は、話しながら、じっと、美由紀の顔を見た。

「どうして、刑事さんは、そんな話を、私になさるんですか？」

美由紀は、尖《とが》った目で、二人の刑事を見た。

そのまま美由紀が黙っているので、十津川が、

「どうですか、似ていませんか？」

と、きいた。

「何がですか？」

「この水野和子という、女性ですよ。この女性が、三月十一日に経験したことと、あなたが、先月経験したこと、よく似ていると思いませんか？」

「さあ、どうでしょうか？」

美由紀は、小さく笑って見せた。

亀井は、そんな、美由紀の態度に、ムッとしたのか、

「男が飲みに来て、一夜を、共にした。その男は、女に、百万円を渡した。そして、その直後、同じように、爆破事件があって、あなたの場合は、夫婦者が死に、水野和子の場合は、男が一人死んだ。似ているじゃないですか？」

「さあ、どうかしら？　刑事さんのいった水野和子という女性は、死んだんでしょう？　でも、私は、ホラ、こうして、今も生きていますよ。そこが、大きな違いじ

ゃありません？」

美由紀は、笑った。

「私にいわせれば、大きな、違いじゃなくて、小さな違いですよ。男が来て、酒を飲んで一夜を共にした。それに、感動した男は、女に百万円を渡した。ここまでは、そっくりじゃないですか？　ただ、その後、あなたは、男が、気に入るようなことをいった。しかし、水野和子は、逆に、男の気に障《さわ》るようなことをいってしまった。だから、殺されたんです。それだけの、違いですよ。大事なのは、その後、プラスチック爆弾を、使って、人間が一人と二人、殺されたことなんですよ。これは、間違いなく、同一人の、犯行だと、思っているんです。そのことに、死んだ水野和子も、あなたも、関わっているんだ。あなたは、憎むべき、人殺しの顔を、しっかりと見ている唯一の証人なんですよ。そのことを、あなたは、ちゃんと、分かっていますか？」

怒ったように、亀井が、声を尖らせた。

「私は、警察に、全面的に、協力しているじゃありませんか？　これ以上、協力なんてできませんよ。ほかには、何も、知らないんだから」

美由紀が、面倒くさそうに、いった。

十津川は、苦笑しながら、ポケットから、男の似顔絵を取り出して、カウンターの上に置いた。

「あなたに、ききますがね。この似顔絵ですが、本当に、問題の男と、あまり似ていないんですか？」

と、十津川が、きく。

「ええ、似てないと思いますよ」

「本当に似てませんか？」

「ええ、今もいったように、私は、これ以上は、何も知らないんだから、いくらいわれても、もう、警察に、協力できませんよ」

美由紀は、繰り返した。

「私はね、こう思っているんです」

十津川も、粘りづよく、言葉を続けて、

「この似顔絵は、本当は、男の特徴をよくとらえているんじゃないですか？」

十津川が、いうと、美由紀は、小さく首をすくめて、

「刑事さんは、どうして、そんなに、疑い深いことをおっしゃるのかしら？　第一、この似顔絵が、似ているなんて、どうして、分かるんです？」

「それは、刑事としての私の勘ですよ」

「だったら、それでいいじゃありませんか」

美由紀は、突き放すように、いった。

8

十津川たちは、いったん、捜査本部に帰ったが、翌日もう一度、夜になってから、美由紀のバーを、訪ねてみた。

すると、店は閉まっていて、ドアのところに紙が張ってあった。

〈都合により、しばらくの間、店を閉めさせていただきます〉

乱暴な筆跡で、そう書かれてある。

「どうやら、逃げられたようですね」

亀井が、苦笑した。

「そのようだな」

「とにかく、店の中に入って、何か、手掛かりが見つかるか、調べてみようじゃありませんか？」

亀井が、いった。

十津川は、家宅捜査の、令状を取ってから、ドアを壊して、店の中に入ってみた。

店の中は、乱雑に、散らかっている。冷蔵庫のビールなども、そのままになっているし、グラスも洗い場の中に、汚れたままで、置かれていた。

「彼女、やたらと急いで、姿を消したようですね」

亀井は、店内を見回した。

「そうらしいな。問題は、彼女が、どこへ行ったかだな」

「まさか、犯人に、会いに行ったんじゃないでしょうね？」

「いや、そこまでは、しないだろう。彼女の故郷は、天橋立の近くじゃなかったかな？」

「ええ、宮津《みやづ》市の生まれです。しかし、両親も死んでいるし、郷里には、親戚《しんせき》もいないというようなことをききましたが」

「彼女にしてみれば、男に会いに行くのでなければ、ほかに、行くところはないんじゃないのかね？」

十津川が、いった。

「それでは、彼女を探しに、天橋立に行ってみますか？」

亀井が、いった。

その頃、美由紀は、天橋立にある、旅館「文殊荘」の部屋で、椅子に腰を下ろし、窓の外の夜景を、眺めていた。

雨が降っている。

洒落《しゃれ》た中庭に、灯《あか》りがついているので、雨足が、光って見える。

なぜ、ここに来たのか？　美由紀自身にも、はっきりとは、分かっていなかった。

この天橋立がある宮津は、自分の、生まれたところだし、育ったところでもある。

しかし、今は両親も亡くなり、親戚もいない。

十何年か前、故郷をあとにした時は、二度と、ここに、帰ってくることはないだろう、と思っていた。自分は、おそらく、東京で生きていき、そして、死んでいくだろうと、覚悟を決めて出ていったのだが、なぜか、捨てたはずの、その故郷に、来てしまっている。

三十歳を過ぎてからの美由紀には、もう一度会いたいと、思う男は、一人もいなかった。

しかし、なぜか、あの男には、もう一度会ってみたい。そんな、気がするのだ。警察は、あの男が、爆破事件の容疑者だといっている。そうかも知れないが、そんなことは、どうでもいいように、美由紀は、感じていた。

警察は、天橋立行きの特急「文殊一号」が爆破され、二人の人間が、死んだ事件の容疑者は、あの男だという。

美由紀は、手を伸ばして、テーブルの上のグラスを、手に取った。

さっきから、何杯目のウイスキーか、覚えていない。少しばかり、酔いたいのだが、なぜか、一向に、酔いが回ってこない。

あの男が、爆破事件の犯人なら、もう、この天橋立には、いないだろう。頭の中では、そう思いながらも、なぜか、まだ、ここにいるような気が、美由紀はしていた。

美由紀は、敷かれた、布団の、枕元に置いた携帯電話に目をやった。あの男には、携帯の番号を、教えてある。ひょっとして、男が連絡してくるのではないか？

そう思ったから、東京を離れる時、携帯電話だけは、忘れずに持ってきたのだ。

しかし、一向に、鳴る気配がない。

（何とかして、もう一度、あの男に会いたい）

美由紀がそう思った時、突然、彼女の携帯が鳴った。

第三章　城崎へ

1

「俺《おれ》だ」

と、男の声が、いった。

あの男の声だった。

ふと、美由紀の胸が、ときめいた。

「私」

と、美由紀が、いった。

「今、どこにいる？」

「当ててごらんなさい」

少しふざけて、美由紀が、いうと、男が、怒ったのか、

「余計なことをいうな」

「ごめんなさい」

「そんなことをいうところを見ると、店には、いないんだな？」

男が、いった。相変わらず、低い声だ。

「ええ、店じゃないわ」

「どうして、店を離れたんだ？」

「当たり前でしょう。あんたのおかげで、店にいると、毎日のように、刑事がやって来て、うるさくてしょうがないの。だから、逃げてきたのよ」

「どこまで、逃げてきたんだ？」

「天橋立《あまのはしだて》」

「天橋立？」

「の見える旅館」

と、美由紀は、いった。

「どうして、天橋立なんだ？」

「この間も、あんたに、いったじゃないの。ここは、私の生まれたところなんだって」

「それはきいたが、あの時には確か、お前さんは、故郷の両親は、死んでしまった、今さら帰っても、しょうがない、といっていたはずだぞ」

「確かに、あの時は、そんなふうに、いったかも知れないけど、気が変わったのよ。東京にいるより、こっちにいたほうが、会えると思って」

「会えるって、誰にだ？」

「あんたに、決まっているでしょう。もう一度、会いたくなってさ。今、あんたは、どこにいるの？」

今度は、美由紀が、きいた。

「東京だ」

「何で、東京なんかにいるのよ？　バカね。今、警察が、あんたのことを、必死になって探しているから、すぐに、捕まっちゃうわよ」

と、美由紀は、いってから、

「まさか、私に会いたくて、戻ってきたんじゃないでしょうね？」

「バカなことをいうな。仕事だ」

男が、いった。

「仕事？　仕事って、やっぱり、ドカンとやったのは、あんたの仕業《しわざ》なの？」

美由紀が、きいた。

「そんなこと、お前さんは、知らなくてもいい」

「どうして、電話をくれたの？」

「そうだな。暇潰《ひまつぶ》しかな」

「私も、暇を持て余している」

「城崎《きのさき》温泉を、知っているか？」

男が、急に話題を変えて、美由紀に、きいた。

「もちろん、知ってるわ」

「そこに、西村屋という、旅館がある。城崎温泉では、いちばんの老舗《しにせ》旅館だから、向うに行ってきけば、すぐ分かる。これからそこに行って泊まれ」

男が、命令口調で、いった。

「その旅館に、泊まっていたら、あんたが、来てくれるの？」

「行けたら、行く。今は、それしかいえない。じゃあな」

そういって、男は、一方的に、電話を切ってしまった。

美由紀は、フーッと、大きな息を吐いてから、グラスに、手を伸ばして、残りのウイスキーを一気に飲み干した。

何となく、はしゃいだ気分に、なってくる。そんな自分が、自分でおかしかった。あの男は、人殺しなのだ。

今まで美由紀は、何人もの男たちと、関係を持ってきた。その中には、前科のあるヤクザもいたし、詐欺師《さぎし》もいた。スリもいた。ヤク中もいた。頭のおかしなアルコール中毒の、男もいた。

しかし、人殺しは、今回の男が初めてだった。

それなのに、なぜか怖いという気にはならない。それどころか、何とかして、もう一度、あの男に会ってみたい。その思いが消えないのだ。

今まで、いくら飲んでも、全然酔えなかったのに、あの男の声を、きいた途端に、安心したのか、美由紀は、急に、酔いが回ってくるのを感じた。

2

その頃、美由紀の泊まっている文殊荘の、フロントの電話が、鳴っていた。

フロント係が、電話を取る。

「こちらは、京都府警ですがね。今、警視庁の依頼を受けて、天橋立周辺の、ホテルや旅館に泊まっている、泊まり客のことを調べているんですが、そちらに、年齢三十歳ちょっと、身長百六十センチ、やや、痩《や》せ形の女性が、泊まっていませんか？　名前は岡村美由紀というんですが、偽名を使っている可能性もあります。水商売の女性ですから、そんな感じが、あるかも知れません。そういう女性が、昨日から、今日にかけて、泊まっていませんか？」

相手が、きいた。

「名前は違いますが、確かに、そんな感じの女性が、泊まっていますよ。今日の午後三時頃、チェックインしたんです。今いったように、名前は、岡村美由紀ではなくて、岡野亜紀子です。住所も、東京ではありませんね。宿帳に書いたのは、京都の住所です。しかし、三十歳過ぎという年齢も、百六十センチぐらいという身長も、やや痩せ形というところも、合っています」

と、フロント係が、いった。

「分かりました。これから、そちらに行きます。そうですね、三十分ぐらいで着くと思います」

刑事が、いった。

正確に三十分経《た》った時、旅館の玄関の前にパトカーが来て、停《と》まり、刑事が二人、旅館に入ってきた。

一人が、警察手帳を見せてから、

「さっき、電話で教えていただいた女性の泊まり客ですが、ひょっとすると、この人じゃありませんか？」

と、いって、フロント係に、女の写真を見せた。

「これは、東京の警視庁から、送ってきた女性の写真なんですが、今、ある事件の参考人ということで、この女性を、探しているんですよ。お宅に泊まっているのは、この人じゃないですか？」

もう一人の刑事が、きいた。

フロント係の男は、その写真を、じっと見ていたが、

「よく似ていますね。ただ、髪型が、ちょっと違いますね」

「どう違うんですか？」

「この写真だと、アップに、なっていますが、今、うちに、泊まっているお客さんは、スラリと流しているんです。アップじゃないんです」

「こちらに、泊まっている人、和服ですか？　それとも、洋服？」

「洋服でいらっしゃいますが」

「この写真は、和服ですからね。和服なら、髪型はアップにしたほうが、似合うと考えて、おそらく、アップにしているんだろうと思いますけどね。それで、髪型を、アップにしたと想像して、もう一度、その写真を見てくれませんか？」

と、刑事が、いった。

「そういえば、髪型さえ合えば、よく似ていますね」

フロント係は、肯《うなず》いた。

「そのほかに、その女性の泊まり客に、何か特徴のようなものは、ありませんかね？　どんなことでもいいんですけどね」

刑事の一人が、きいた。

「そうですね。お酒をよく、お飲みになりますよ。夕食の後、部屋に、お酒を持ってきて欲しいとおっしゃるので、お持ちしたら、よくお飲みになっていましたね。相当、お強いですよ」

フロント係が、ニコニコしながら、いった。

「ほかに気がついたことは、ありませんか？」

「このお客様は、一人でいらっしゃったんですが、誰かを待っているような、そんな、感じがするんですよ。誰かからの電話を、待っているような感じなんですよ」

フロント係が、いった。

「彼女ですが、チェックアウトは、何日の何時の予定ですか？」

刑事の一人が、きく。

「それは、きいていませんが」

「そうですか。もし、明日、チェックアウトの予定が、分かったら、すぐに、電話をして欲しいんですよ」

そういって、刑事の一人が、自分の携帯の番号を教えてから、二人は帰っていった。

3

翌日、十津川と亀井は、東京発午前六時四三分の新幹線に乗って、京都に向かった。

新幹線の中から、京都府警の、前田という警部に、連絡を取った。

「天橋立の、文殊荘に泊まっている女性ですが、その後の動きは、分かりますか？」

と、十津川が、きいた。

「朝食の時、仲居にいったそうです。今日、チェックアウトする。時間は、十時から十一時の間くらいに、出発したい。そういったそうです」

前田警部が、答えた。

「今、私と亀井刑事は、京都に行く新幹線の中なのですが、彼女が、チェックアウトする時間には間に合わないかも知れませんから、引き続き、その女性の監視をお願いします」

「彼女を逮捕したほうが、いいんでしょうか？」

相手が、きいた。

「いや、監視するだけで、逮捕はしないでいただけますか。彼女は、容疑者ではなくて、犯人に、会いに行くかも、知れませんので、できれば、その犯人を捕まえたいんです」

と、十津川は、いった。

4

十津川と亀井の乗った「のぞみ一〇一号」が、京都駅に到着したのは、午前九時〇四分である。

天橋立行きの列車が出る、三十一番線ホームまで、二人は、歩いていった。

この時間、いちばん早く、天橋立行きが出るのは、午前九時二二分に発車する特急「はしだて一号」である。しかし、これに、乗っても、天橋立に着くのは、一一時二三分になってしまう。

当然、その時刻には、もう、美由紀は、天橋立の旅館を、チェックアウトしてしまっているだろう。

それでも、二人は、九時二二分発の「はしだて一号」に乗った。

途中の綾部《あやべ》に着く前に、十時を回ってしまった。

念のために、十津川はデッキに出て、京都府警の前田警部に、電話をかけた。

「その後、女性の様子は、どうですか？　何か、動きはありますか？」

と、きくと、

「今ちょうど、問題の女性は、旅館にタクシーを、呼んでくれるように頼んだそうですから、彼女が車に乗り次第、尾行を開始することにしています」

綾部着、一〇時三五分。天橋立に着くまでには、まだ一時間近く、かかる。

綾部を過ぎたところで、前田警部から、電話が入った。

「今、彼女は、傘松《かさまつ》公園に、来ています。ここは、いちばんよく、天橋立が見えるところで、観光客が、必ず訪れる場所として、知られています。よく絵葉書に出ているでしょう？　天橋立の股覗《またのぞ》き、あれが、行われる場所ですよ」

「なぜ、彼女は、そこに、行ったのでしょうか？」

十津川が、きくと、前田は、

「それは、分かりませんね。十津川さんは、ここで、女性が、犯人と会うと思っていらっしゃるんじゃ、ありませんか？」

と、逆に、きいてきた。

「その可能性は、大いにあると思います。引き続き、監視をお願いします」

と、十津川は、答えた。

午前十一時を、過ぎた時、また、前田から、電話が入った。

「問題の女性ですが、ケーブルカーで上がって、例の天橋立の股覗きを楽しんでいましたが、犯人の男と会うようなシーンは、一向に、見られませんね。今、展望台から降りてきて、レストランで、コーヒーを飲んでいます」

と、前田が、いった。

「彼女が、腕時計を見たり、どこかに、携帯で連絡をしているような様子は、ありませんか？」

「ずっと今まで、監視しているのですが、携帯は、一度も、使っていませんね。それから、腕時計を、気にするような素振りも、まったくありません」

前田は、いった。

デッキでの、電話を終わってから、十津川は、座席に戻り、今、きいたことを、そのまま、亀井に、話した。

「犯人と、連絡を取っているような様子は、まったくないんですか？」

亀井が、意外そうな表情で、十津川を見た。

「そうらしいよ。彼女が、旅館を出たあとの行動だけを、見ていると、観光客が、天橋立の景色を、楽しんでいるとしか、思えないね」

「しかし、警部は、そうは、思われないんでしょう？」

「彼女が、天橋立に行ったのは、間違いなく、犯人と、連絡を取って、どこかで会うためだと、思っているよ。東京での彼女を、知っている誰に、きいても、美由紀が、自分の生まれ故郷の、天橋立に帰る理由は、何もないんだ。上京した後、彼女は、おそらく一度も、郷里に帰っていないし、周囲の人間にも、宮津には、家族や親戚《しんせき》がもう、誰も住んでいないから、帰っても仕方がない、いつも、そう話していたそうだからね。それなのに、突然、天橋立に、行ったのは、犯人と、会うつもりか、犯人と連絡を取るつもりだとしか、思えないんだよ」

「それなのに、どうして、ずっと、連絡を取らずにいるんでしょうか？」

「これも、私の勝手な、想像に過ぎないんだがね。おそらく、昨夜のうちに、犯人からの連絡があって、すでに、二人の間では、何らかの話が、ついているんじゃないのかな？　だから、彼女は、悠々と、その約束の時間が、来るまで、あるいは、約束の場所に、行くまで、天橋立の景色を、楽しんでいる。私は、そんなふうに思っているんだ」

定刻の午前一一時二三分に、「はしだて一号」は、天橋立駅に着いた。

とにかく、十津川たちは、列車を降りると、駅の改札口を出た。

洒落《しゃれ》た造りの、明るい感じの駅である。駅前には、文殊の知恵を表わした、丸い輪の記念碑が、建っている。

駅前から、十津川は、再度、前田警部に、携帯をかけた。

「今、天橋立駅に着いたんですが、彼女は、どこにいますか？」

と、きくと、

「まだ、傘松公園にいます。どうやら、彼女は、ここのレストランで、昼食をとるようですよ」

「その後、彼女に、連絡は、入っていませんか？」

「ずっと監視していますが、彼女が、携帯を使って話をしたことは、一度も、ありません。あ、それから、腕時計を、見たことも、一度もありませんね」

と、前田が、いった。

十津川たちは、駅前で見つけた喫茶店で、ひと休みすることにした。

肝心の女が、こちらの関心を、惹《ひ》くような行動をすることもなく、その上、犯人の男が現われる様子もないのでは、十津川たちも、やることがない。

「彼女が動かない限り、ジタバタしても、仕方がないよ。ここは、腰を据えて、われわれも今のうちに、腹ごしらえを、しておこうじゃないか？」

十津川が、いい、トーストとミルクを注文した。

それを、食べているところに、前田から連絡が入り、

「やはり想像通り、女は、こちらのレストランで、昼食をとっています。女が食べているのは、海が近いですから、魚料理のようですね」

「そちらは、観光客が多いみたいですね」

十津川が、そういったのは、携帯電話で話している途中、添乗員らしい女の声が、きこえてくるからだった。

（七号車のお客様、すぐバスにお戻りください）

そんな声が、きこえていたからだった。

「天気が、よくなってきたので、観光客がどんどん、増えていますよ。今、女が食事をしているレストランにも、観光客が、ドッと入ってきて、大変な混雑ぶりです。しかし、彼女に話しかけてくるような人間は、まったくいませんね。犯人の男との、連絡は、すでに、昨夜のうちに、取っているんじゃありませんか？」

と、前田は、いった。

（やはり、前田警部も、美由紀を監視していると、こちらと同じように、考えるらしい）

十津川は、そう思った。

さらに、一時間ほどして、午後一時を過ぎた頃、前田から、また電話が入った。

「女ですが、今、天橋立駅に戻る、バスに乗り込みました。これから、そちらに向かうようです」

そのバスが、駅前に戻ってきた。

二人が見ていると、大勢の観光客たちに混じって、美由紀が降りてきた。間違いなく、彼女である。

彼女はバスを降りると、まっすぐに、天橋立駅のほうに、歩いていった。

この時間、天橋立駅を、発車する列車は、一本もないはずだった。駅舎の中に入り、五、六分して出てきたところを見ると、これから乗る列車の、切符を買ったのか、あるいは、時刻表を、確かめたのだろう。

駅から出てきた美由紀は、今度は、彼女が泊まっていた旅館、文殊荘のほうに向かって歩いていく。

それを、尾行している京都府警の刑事二人が、十津川たちに気づいて、こちらに、駆け寄ってきた。

「彼女は、城崎温泉行きの切符を、買いましたよ。一四時三〇分発の『タンゴディスカバリー一号』の切符です。この列車は、終点が城崎温泉ですから、行き先は、城崎で、間違いないと思いますね」

と、前田が、教えてくれた。

「これから先は、われわれが、彼女の尾行をやります。ここまで、ご苦労様でした。ありがとうございました」

十津川は、礼をいい、亀井と、京都府警の尾行を引きついだ。

美由紀が、足を向けたのは、駅に近い場所にある、お休み処《どころ》という暖簾《のれん》のかかった、喫茶店だった。

その店の前が、ちょうど、こちらの陸地から、天橋立に向って、橋がかかっているところで、狭い水路には、しばしば、船が通っていく。そのたびに、問題の橋が、真ん中を中心にして、九十度回転し、水路を開け、そこを船が、通っていくのである。

外に立って見物している観光客もいるが、美由紀が入ったお休み処からも、それが、よく見えるらしい。

十津川たちは、帽子を目深《まぶか》に被《かぶ》って、その店に、入っていった。

案の定、美由紀は、窓際に、腰を下ろして、コーヒーを飲みながら、目の前の水路を、船が通るのを眺めていた。

十津川たちは、少し離れたところに腰を下ろし、コーヒーを頼んだ。

そのあと、亀井が、

「『タンゴディスカバリー一号』の城崎温泉までの切符を買ってきますよ」

と、いって、店を出ていった。

十津川は、じっと、美由紀の様子に、目をやった。

美由紀は、楽しそうに微笑《ほほえ》みながら、目の前の水路を、通過していく船を、見ている。何かに、脅《おび》えているような様子もないし、イライラしている感じもない。むしろ、どこか、満ち足りた表情のようにさえ、見える。

十津川は、美由紀が、ここに来たのは、生まれ故郷を、懐かしんでではなくて、犯人の男に会うためだと、今も思っている。それは、確信に近い。

この天橋立では、その犯人には、会えなかったらしいが、どこかで会う約束は、できているのだろう。だから、落ち着いているし、楽しそうな、表情に見えるのだろう。

城崎温泉までの、切符を買ったところを見ると、城崎温泉で犯人に、会うのかも知れないし、あるいは、城崎温泉までの列車の中で、会うつもりなのかも知れない。

そんなことを、考えているうちに、亀井が、切符を買って戻ってきた。

「天橋立駅発は、一四時三〇分で、終点の城崎温泉に着くのは、一五時四六分の予定です」

亀井は、小さな声で、いってから、少しばかりぬるくなったコーヒーを、口に運んだ。

午後二時になると、美由紀が立ち上がって、店を出ていった。

十津川と亀井の二人も、そのあとに続いた。

5

「タンゴディスカバリー一号」は、四両編成の、短い特急列車である。白と青のツートンカラーが洒落ている。

美由紀は、一号車に乗り込んだ。一号車は、指定席である。

十津川と亀井の二人は、二号車の自由席のほうに入った。

車内は、それほど混んではいなかった。せいぜい、六十パーセントくらいの乗車率だろうか?

列車が走り出し、十津川たちが、二号車から、一号車を覗《のぞ》くように見ると、窓際の座席に腰を下ろした美由紀は、疲れたのか、窓枠に寄りかかるようにして、目を閉じている。

それを見て、十津川は、この列車内で、犯人に、会うことはないだろうと判断した。城崎に着いてから、犯人と会うことになっているらしい。

しかし、だからといって、十津川たちも、眠るわけにはいかなかった。万が一ということも、考えられたからである。

犯人は、美由紀には、何もいわずに、途中の駅から、この「タンゴディスカバリー一号」に乗り込んでくるつもりかも知れないからである。

一時間少しで、城崎温泉に着いた。

その間、やはり、犯人の男は乗ってこなかった。

ホームに降りる時には、少し緊張した。ひょっとして、犯人の男が、ホームに迎えに来ているかも知れないと、思ったからだったが、犯人らしい男の姿はなく、美由紀も、サッサと、改札口に向かって歩いていく。

二人は、そのあとをつけた。

駅前は、ロータリーに、なっている。

美由紀が、駅前からタクシーに乗った。

二人も、すぐ、タクシーを捕まえて、乗り込んだ。

城崎温泉の駅から、温泉街に向かって、まっすぐの道が走っている。突き当たりにあるのは、立派な外湯の建物である。

そこまで来ると、柳並木のある川が、見えてくる。石造りの古めかしい橋が、何本も、かかっていて、それが、大正時代の雰囲気をかもし出していた。

川沿いに、城崎の温泉街が、広がっているのだ。

美由紀の乗ったタクシーが停まったのは、西村屋本館という旅館の前だった。

十津川は、わざと、自分の乗ったタクシーを、五、六メートル先まで走らせてから、車を降りた。

「どうやら、彼女は、西村屋本館に泊まるようですね」

亀井が、いう。

「あの旅館は、この城崎で、いちばん古い旅館だときいたことがある」

「われわれは、どうしますか？　まさか、彼女と一緒に、西村屋に、泊まるわけにはいかないでしょう？」

「そうだな。われわれは別の旅館に、泊まって、西村屋のほうには、京都府警の刑事に頼んで、泊まってもらうことにしよう」

十津川が、決めた。

6

美由紀は、部屋に案内されると、浴衣《ゆかた》に着替えた。

（大浴場に行こうか？）

と、思ったが、いつ、あの男から、電話が入るか分からないので、しばらくは、この部屋で、じっとしていることにした。

仲居が、お茶とお菓子を運んでくる。

美由紀が、お茶を飲んでいる時に、携帯が鳴った。

急いで携帯を取って、

「私。今ちょうど、西村屋旅館に、入ったところ」

「ああ、知っている」

と、男が、いった。

「じゃあ、見てたの？　それとも、もう、この旅館に、入っているの？」

「いや、まだ、その旅館には、入っていない。ただ、お前さんがタクシーから降りるのを、見ていたんだ」

「それなら、すぐ、ここに、来てちょうだい。この旅館では、岡村美由紀の本名で、泊まってるから」

早口で、美由紀が、いった。

「そう簡単にはいかないんだ。お前さんを、警察が尾行しているかも知れないからな」

男が、用心深く、いった。

「天橋立で傘松公園に行って、そこでケーブルカーに乗ったり、レストランに入ったり、したけど、刑事らしい人間は、見当たらなかったわ」

「刑事はプロなんだ。簡単に見つかってしまうような、そんな下手《へた》な尾行をするはずはない」

「じゃあ、私は、刑事にずっと、尾行されていたの？」

「その恐れが、十分にあるから、すぐには、そっちに行けないんだ。しばらく様子を見てから、夜になって、そっちに行こうと思っている」

男が、慎重に、いった。

「ねえ、絶対に来てくれなきゃいやよ。私は、あんたに会いたくて、わざわざ、東京から天橋立まで行ったんだし、この城崎にも、来たんだから」

美由紀は、力を込めて、いった。

「ああ、分かっている。とにかく、昼間はダメだ。夜になって、安全を確認してから、必ず、そちらに行く。それまで大人しく待っていろ」

そういって、男は、電話を切った。

7

十津川と亀井は、西村屋旅館から、五、六軒離れた旅館に、チェックインした。

十津川は、美由紀の尾行を頼んでいた京都府警の前田に、電話をかけた。

「今、問題の女は、城崎温泉の、西村屋という旅館に泊まっています。それで、お願いがあるんですが、私たちは、彼女に、東京で会っていて、顔を見られていますから、西村屋旅館に泊まるわけにはいかないんですよ。ですから」

と、そこまでいいかけると、相手は、十津川の言葉を遮《さえぎ》って、

「つまり、私に旅館に入って、彼女の監視をしろと。そういうことですね？」

「ええ、そうです。それを、ぜひともお願いしたい」

「京都府警としては、十津川さんというか、警視庁に、協力するのは、一向に構わないのですが、城崎温泉は、兵庫県ですからね。兵庫県警の管轄で、京都府警の私が、勝手に動いたら、いろいろと、問題になって、まずいんじゃありませんか？」

「ええ、そのことは、よく分かっているんですが、今から、兵庫県警に連絡をして、事情を説明するだけの時間的な、余裕がないんですよ。その間に、犯人なり、女が、動いてしまったら、困りますからね。それで、ぜひ、あなたに、お願いしたいんですよ」

十津川は、こちらの事情を、説明した。

前田は、少しの間、考えているようだったが、

「それなら仕方が、ありません。分かりました。私が、これから城崎に行って、西村屋旅館に入りますよ」

と、いってくれた。

それから二時間ほど、経過し、夕食の時間になった時に、京都府警の前田から連

絡が入った。

「今、西村屋に入りました。相手に警戒されては困るので、女性刑事を、同伴し、カップルということで、チェックインしています。十津川さんは、犯人が、女に会いに来ると、考えているんですか？」

「ええ、そう考えています」

「しかし、犯人は、何のために、女に会いに来るんですかね？　その点が、よく理解できないのですが」

「犯人ですが、人から、殺人を依頼されて、主に、爆薬を使って、それを実行しているような感じを、受けるんですよ。そして、犯行の直前には、女と寝る。何のために、そうするのかは、分かりません。一種のジンクスかも、知れませんし、依頼された殺人が、失敗するかも知れないので、その時は、女と寝るのも、最後になるかも知れない。そう思って、女と、寝ているのかも知れません。その推理を進めていくと、城崎にも、犯人は、殺人を依頼されて、やって来た可能性があるのです。前の時と同じように、直前に、女を抱きたくなった。犯人は、岡村美由紀のことが、気に入っているようで、彼女を呼んで、殺人を実行する前に、彼女を抱きたい。そう思っているんじゃないかと、私は、考えているんです。それに、彼女のほうも、犯人に、惚《ほ》れているような感じを受けるんです。ですから、どちらから、考えても、この城崎で、犯人は、彼女に会う。そう判断しているんです」

「と、いうことは、犯人は、この城崎で、引き受けた殺人を、実行するというわけですね？　それは、どのぐらいの確率が、あると、十津川さんは、考えておられるんですか？」

「今のところ、八十パーセントといったところでしょうか？」

「確か、犯人は、すでに、三人の人間を殺しているんでしたね？」

「ええ、そうです。箱根湯本で川野健太郎という男を殺し、次に、特急『文殊一号』の車内で、二人の男女、中西夫婦を、殺しています。それと、巣鴨駅裏にある飲み屋のママも、恐らく殺していると、思われるので、四人になります。この水野和子というママ以外は、どちらの場合も、プラスチック爆弾を使用していますから、もし、この城崎で、仕事をしようとすれば、同じように、プラスチック爆弾を使う可能性が、あります」

十津川は、いった。

8

美由紀は、夕食を、部屋に運んでもらった。お酒も、つけてもらった。

お酒は、余分に頼んだ。余分のほうは、夜になって、あの男が、やってきたら、二人で飲むための、お酒である。

部屋からあまり出ず、大浴場にも行かなかったのは、ほかの宿泊客に、顔を見られたくなかったからだった。

男は、しきりに、警察のことを、気にしていた。警察に、美由紀が監視されているのではないかと、心配していた。

そうなると、ほかの宿泊客と、顔を合わせたりするのは、まずい。

美由紀は、彼女なりに、そう考えたのである。

夕食を済ませると、美由紀は、部屋に備えつけの、風呂に入った。

いつ、男から連絡が入ってもいいように、携帯は、風呂場に、持ち込んだ。

念入りに体を洗い、その後、洗面所の鏡に向かって、美由紀は、少し濃いめの化粧をした。

9

東京の捜査本部では、夜に入っても、延々と、今回の一連の事件についての検討が、行われていた。

現在、十津川と亀井は、城崎温泉に行ってしまっているので、西本刑事が、代わりに、刑事部長の三上に、現在までに、分かったことを、報告した。

「現在のところ、まだ断定するまでに至っておりませんが、今回の一連の事件は、殺し屋がいて、今までに、二件の殺人を引き受け、二件とも、プラスチック爆弾を使って、目的を遂げていると、考えられます。第一回は、箱根湯本の駐車場にあった車を爆破して、車の持ち主の川野健太郎を殺害しています。第二回は、同じようにプラスチック爆弾を使い、特急『文殊一号』のグリーン車で、中西夫婦を殺しています。そして、これは、十津川警部の推測ですが、今度は、城崎温泉で、第三の殺人を、犯そうとしているのではないか？　そう、考えられるのです」

「つまり、殺し屋が、実在していると思われるわけか？」

三上部長が、首を傾《かし》げて、西本に、きいた。

「少しばかり、現実離れしているような、感じですが、箱根と、天橋立行きの特急『文殊一号』の車内で、同じように、プラスチック爆弾を使った殺人が、行われていますから、これは、犯人が、殺し屋であることを示しているように、考えられます」

「それで、今、どうなっているんだ？」

「現在、この犯人と、関係のあった岡村美由紀が、城崎温泉の西村屋という旅館に、泊まっています。われわれの推測では、彼女は、一度会った犯人に、惚れていて、犯人に会うために、城崎に、行ったものと思われます。あるいは、城崎に来いという、犯人からの指示があって、城崎に行ったということも、考えられます」

「それで、犯人は、間違いなく、城崎温泉に、現われるのかね？」

三上は、相変わらず、半信半疑の表情で、きいた。

「今も、申し上げたように、岡村美由紀は、犯人に会うために、西村屋旅館に行ったと、思われますから、犯人が、彼女に会うために、現われることも、間違いないと思っています」

西本は、いい、三上が、黙ってきいているのを確認すると、続けて、

「今回の一連の事件を見ていますと、犯人は、犯行の直前、飲み屋か、あるいは、

バーのママと、関係を持っています。これは、犯人のジンクスかも知れません。女を抱くと、殺人がうまく行く。そんなジンクスがあって、犯行の直前に、小さな店のママに、金を与えて、セックスをする。現実に、第一、第二の殺人の前には、女を抱いていますから」

「しかしだね。今、城崎にいる、岡村美由紀という飲み屋のママは、すでに一度、犯人と会っていて、その時、肉体関係も、持っているんだろう？　そんな女に、犯人は、もう一度、会おうとするだろうか？　君がいうように、第一と第二の殺人の直前に、犯人が抱いたのは、初めての女なんだろう？　それなのに、今度は同じ女に会う。それは、少しおかしいんじゃないかね？」

三上が、きく。

「確かに、今、部長がいわれたような、疑問もあります。しかし、犯人は、二番目の女、岡村美由紀に惚れているように思われますし、彼女のほうも、犯人に惚れているようですから、今回は、殺人の前に、一度抱いたことのある、岡村美由紀をまた、抱こうと思っているのかも知れません。それで、わざわざ、彼女を、城崎まで呼んだんだと、考えられます」

西本が、いうと、三上は、

「もう一つの考えもあるんじゃないのかね？」

と、いった。

「もう一つの考えと、おっしゃいますと、どういうことでしょうか？」

「口封じだよ」

と、三上が、強い口調で、いった。

「今、城崎の旅館に、泊まっている岡村美由紀だがね、彼女は、犯人の顔を知っているはずだ。つまり、いちばんの証人ということになるじゃないか？　そういう証人は、犯人にとってみれば、もっとも危険な存在のはずだ。だから、新しい仕事の前に、証人の女を、消してしまおうと考えているとしても、おかしくは、ないんじゃないのか？　犯人が、彼女を、城崎温泉に呼び寄せたのは、殺人を犯す前に、もう一度抱くためではなくて、彼女を殺して、その口を封じる。証人を消す。そのためだということも、十分に、考えられるんじゃないのかね？」

「その件については、城崎にいる、十津川警部と話してみます」

と、西本が、いった。

「十津川警部が、今、私がいったことについて、どう考えているのか、確認しておいてくれたまえ」

「確かに、部長がいわれたことも、十分に考えられます。実は私も、十津川警部に対して、同じ疑問をぶつけたことがあります。警部は、こう答えました。もし、犯人が、岡村美由紀の、口封じを企《たくら》んでいたとすれば、彼女とセックスをした直後に、殺しているんじゃないか？　それが、いちばん、犯人にとっては都合がいいし、簡単だ。それなのに、犯人は、その時、彼女を殺さなかった。それどころか、百万円を渡して、姿を消している。つまり、犯人には、岡村美由紀を殺す気は、まったく、なかったということになってくる。彼女も、犯人の男に惚れているから、犯人は、彼女が、自分に不利になるようなことを、警察には、絶対に証言しないと、安心しているはずだ。十津川警部は、こういう考えです」

「それは、君と、十津川警部が、勝手に、思っていることだろう？　どうして、そう、確信できるのかね？」

「それは、この二枚の似顔絵で、よく分かります」

西本は、そういって、二枚の似顔絵を、黒板に鋲《びょう》で止めた。

「これを見てください。どちらも、今回の事件の犯人の、似顔絵です。右側は、巣鴨駅近くのホテルのフロント係が証言し、それに、基づいて描いた犯人の似顔絵です。左側のほうは、岡村美由紀の証言に基づいて、描いた似顔絵です。この二枚を見比べてみますと、ご覧のように、別人としか、思えません。右側の似顔絵ですが、犯人を見ている特急『文殊一号』の車掌は、かなり似ていると、証言しています。車掌は、犯人とはまったく、利害関係のない男ですから、嘘《うそ》の証言を、するはずはありません。この似顔絵に比べて、岡村美由紀の証言を元にして描いた、似顔絵ですが、まったく別人です。少しも、似たところがありません。つまり、似顔絵の作成について、協力を要請したが、彼女は、嘘の証言をしていることになります。何とか、実際の犯人とは違う顔にしたい。そう考えながら証言したために、右側の似顔絵とは、まったく別人の顔に、なってしまっている。それだけ、彼女は、犯人に惚れているということなんです。だからこそ、彼女は、デタラメな似顔絵を、描かせましたし、自分から東京を離れて、天橋立に寄ってから、城崎に、行っているんです。問題は、犯人の気持ちですが、これは、十津川警部の考えをお伝えしたように、犯人に、口封じの意志があれば、とっくに、それを、実行し、岡村美由紀は、殺されてしまっていたに、違いない。そう考えます」

「それなら、私が直接、十津川警部の考えをきいてみよう」

三上は、急に、考えを変えて、十津川の携帯に電話した。

「十津川君か？　三上だがね、そちらは、今、どんな、状況になっているんだ？

犯人は、現われそうかね？」

「いえ、犯人はまだ、城崎で、姿を見せておりません」

「君は、城崎で、犯人が現われる、女に会いに来ると、確信しているようだが、その確信の根拠となっているのは、いったい、何なんだ？」

「一つは、犯人が、岡村美由紀を好きになって、彼女に、百万円を渡しているということです。彼女のほうも、犯人に、惚れている。そう思われるのです。このことから、犯人は、彼女に会おうとして城崎に来ると、確信しておりますが」

十津川が、いった。

「今、こちらでは、捜査会議を開いていてね。私は、西本刑事にいったんだが、犯人は、彼女を、抱きたいためではなくて、口封じを図ろうと、彼女を城崎に、呼び寄せたんじゃないのか。どうして、君は、それはないと、確信しているのかね？　どうして、犯人が、彼女を殺さないと、分かるのかね？　彼女は、犯人の顔を、よく見ているし、一夜を共にしている。犯人にしてみれば、これ以上はない、危険な証人じゃないか？　それを考えれば、犯人が、彼女を殺そうとする可能性は、大きいと、私は思うんだが、その点は、どうなんだ？」

三上が、きく。

「岡村美由紀が、犯人に惚れていなければ、部長のいわれたことも、大いに、可能性があると思います。しかし、彼女は、明らかに、犯人に惚れています。そのことは、犯人も知っていると思うんです。そうなってくると、犯人は、彼女を、殺す必要はない。もし、殺せば、かえって、自分が危なくなる。そう考えているはずです」

と、十津川は、いった。

「それで、犯人は、城崎に現われそうなのかね？」

「それは分かりませんが、まだ、こちらに、現われていないことだけは、確かです。犯人が、いちばん恐れているのは、岡村美由紀が、警察に、尾行されているのではないかということですから、慎重の上にも、慎重を期して、安全を確かめてから、女のところにやって来ると思われます。私の勘では、犯人はすでに、この城崎に着いていて、女が泊まっている西村屋旅館を、どこかで、監視しているように思えるんです。安全だと判断したら、間違いなく、女と会うために、西村屋に入ると、確信しています」

「もう一つ、気になっているのだが、城崎は、兵庫県警の管轄だろう？　兵庫県警に、協力を要請していないのか？」

三上が、きいた。

「そのことなんですが、兵庫県警に事情を説明し、協力を要請するだけの、時間的な余裕がなかったので、依頼していません。天橋立で、彼女の尾行をやってもらった京都府警に、この城崎でも引き続き、協力を要請しています。そのことに関して、兵庫県警からクレームが来たら、緊急を要する場合なので、今回だけは、納得してくれるように、部長から、説明して下さい。お願いします」

と、十津川は、三上に、いった。

第四章　国道178号線

1

美由紀の携帯が、鳴った。

男の声が、

「今、どうしている?」

と、きく。

「あなたを待っているに、決まっているじゃないの。もう待ちくたびれたわよ」

少し不機嫌に、美由紀が、いった。

「そっちに、行きたいんだが、行けないんだ。旅館の周《まわ》りは、刑事に、囲まれている」

男が、短く、いった。

「それ、本当なの？」

「どうやら、お前さんが、刑事につけられたらしい」

「本当なの？　もし、本当だったら、ごめんなさい」

「俺は、お前に会いに行きたいんだが、そうすると、間違いなく、捕まる」

「じゃあ、来ちゃダメよ」

「それでも、会いに、行きたいんだ」

男が、子供みたいに、いった。

「そんなことをしたら、捕まっちゃうじゃないの。捕まったら、あんた、間違いなく、死刑だわ」

「そんなことは、分かっている。何の関係もない、お前さんを、巻き込んじまったのは、俺の責任だ」

「いいのよ。今日会えなくたって、いつか、また、会えるわけでしょう？　私だって、そのくらいの、我慢はするわ」

　美由紀が、いった。

「どうしても、そっちに行って、お前さんに会いたいけど、それができない。そう思うと、無性に腹が立つんだ」

「分かっている。私だって、悔《くや》しいわ」

「だから、一つ、警察を、からかってやろうと思うんだ」

　と、男が、いった。

「どうやって？」

「今、七時四十分だ。時計を持っているか？」

「ええ、持っているわ」

「お前さん、確か、煙草《たばこ》を吸ってたな？」

「ええ、吸うわよ。でも、あんたが、吸わないほうがいいというなら、吸わないようにするけど」

「いや、今日は、吸ってもらいたいんだ。七時五十分になったら、煙草を、吸え」

　男が、いった。

「吸ってもいいけど、それが、何かになるの？」

「部屋に、酒もあるか？」

「ええ、もちろん、あるわよ。あんたがここに来たら、一緒に飲もうと思って、用意しておいたの」

「いいか。俺のいうことを、よくきくんだ。七時五十分になったら、煙草を吸って、それを、灰皿に、消さないで入れるんだ」

「それから、どうするの？」

「部屋に、マッチがあるだろう？　西村屋旅館の、マッチだ」

「ええ、あるわ」

「それを灰皿に入れておいて、火のついた煙草を放り込めば、煙草からマッチに火がつく」

「ええ」

「それから、酒を飲んで、酔っ払って、寝たふりをしろ」

「そうしたら、どうなるの？」

「灰皿は障子のそばに置いておくんだ。そうすれば、マッチが燃えて、障子に火がつく」

「それが、警察への復讐《ふくしゅう》になるの？」

「ちょっとした、ボヤを起こして、刑事たちを脅《おど》かして、やりたいんだよ。お前さんは、西村屋の中で、警察に見張られている。部屋から、火が出れば、刑事がびっくりして、ドッと、部屋に、駆け込んできて、必死で火を消すはずだ。お前は、酔っ払って、寝てしまったふりをしていればいい。そうすれば、大した罪にはならない。俺のいったことが分かったか?」

「分かったわ」

「今、俺のいったことを、復唱してみろ」

男が、命令口調で、いった。

「七時五十分になったら、煙草を、吸うのね。部屋の灰皿の中に、マッチを入れて障子のそばに置き、その灰皿に、火のついたままの、吸い殻を放り込む。そして、酔っ払ったふりをして、寝てしまう。灰皿の中でマッチが、燃え上がって、障子に火がつく。それで、いいのね?」

「そうだ。午後七時五十分、その時間を、忘れるなよ」

「もし、あんたがいう通りに、やったら、今日は会えなくても、また、どこかで、会えるんでしょう?」

「ああ、もちろん、そうだ。必ず会える。警察が来ないようなところで、ゆっくり、会おうじゃないか」

励ますように、男が、いった。

2

美由紀は、じっと、腕時計を見つめた。

今、午後七時四十六分。間もなく、男がいった、七時五十分になる。

その時刻が、いったい、何を意味するのか、別に、気にならなかったし、知りたくもなかった。

とにかく、男のいう通りにしよう、そう思った、だけである。

煙草を取り出し、灰皿を点検する。

灰皿の中には、この旅館の、宣伝文句の書かれたマッチが、置いてある。その灰皿を、障子のそばに持っていった。

それだけで、灰皿の中の火が、障子に、燃え移るかどうか分からないので、部屋にあった新聞を、少しばかり、破って、それを、灰皿から障子まで、橋のように、架けた。こうすれば、火は、間違いなく、障子に燃え移るだろう。

それから、おもむろに煙草を取り出して、火をつけた。

煙草を、吸いながら、腕時計を見る。七時四十九分、五十分。

美由紀は、火のついた煙草を、灰皿の中に放り込んだ。

その後、どうなるか、見ているのが怖くて、美由紀は、一息に、酒を飲み干すと、畳の上に、灰皿を背にして、寝転がってしまった。

目をつぶる。シューと音がした。吸い殻の火が、マッチに燃え移ったのだ。

美由紀は、一層、固く目をつぶった。

急に、ボーッという、大きな音がした。

怖いもの見たさで、音のしたほうに目を向けると、庭に面した障子に、火が燃え移っている。

これから、どうしたらいいのか、美由紀には、分からなかった。

突然、廊下に、足音と、大声がきこえたと思うと、襖《ふすま》が押し開けられ、男が二人、三人と飛び込んできた。

その中の一人に、美由紀は、見覚えがあった。東京で会った刑事の一人だ。確か、十津川という名前の、警部だった。

もう一人も、見たことのある顔だった。十津川の部下の、亀井とかいう刑事だ。

「火事だ！　火を消せ！」

その十津川警部が、大声で、怒鳴っている。

旅館の若い従業員や、仲居たちも、部屋に飛び込んでくると、必死の形相で、火を消し始めた。

美由紀は、それを見て、これで、火災にはならないと思い、急に、ホッとした、気持ちになった。

ホッとすると同時に、

「ざまあみろ」

動き回っている、刑事たちに、声にならない声で、悪たれをついた。

部屋の洗面所から、水が運ばれての消火で、ボヤのまま、火が消えてしまった。

火が消えると、十津川は、まだ、寝転んだままの美由紀に、目をやった。

「岡村美由紀だな？」

怒鳴るように、大声で、いう。

美由紀は、思わず、寝転んだまま、ニヤッと、笑ってしまった。

それが、刑事たちの癇《かん》に障《さわ》ったらしい。

「何をやらかしたんだ？」

亀井刑事が、怒鳴った。

「何かあったの？」

美由紀が、とぼけて、きいた。

「部屋に、火をつけたんじゃないのか？」

「そんなバカなこと、するはずがないじゃないの。私は、酔っ払って、寝ていただけなんだから。そうしたら、あんたたちが、急に飛び込んできて、大騒ぎになったんだよ」

「それなら、どうして、障子に、火がついたり、天井《てんじょう》が、焦《こ》げたりしたんだ？」

「そんなこと、知らないわよ。いったい何があったのよ？　部屋の中が、水浸しじゃないの。これから寝ようと思っているのに、これじゃあ、寝られやしないわ」

「ふざけるんじゃない。あんたが、火をつけたんだろうが！」

「火なんか、つけてないわよ」

「煙草は、吸っただろう？」

「煙草は吸ったけど、吸い殻は灰皿に捨てて、酔っ払って、寝たんだよ」

「灰皿に、煙草を捨てただけだって？」

亀井は、ジロリと、美由紀を睨《にら》んで、

「この灰皿には、マッチが入っていたんだろう。そのマッチに、火をつけたんじゃないのか？　第一、どうして、この灰皿が、障子のそばに、置いてあるんだ？　普通は、部屋の真ん中の、テーブルの上に置いてあるはずだぞ」

「そんなこと、知らないわよ。とにかく、私は、煙草を吸って、灰皿に捨てて、それから、寝たんだから」

美由紀は、いい張った。

「あの男は、どこにいる？」

十津川警部が、きいた。

美由紀は、畳の上に、起き上がると、

「あの男って？」

「決まっているだろう。あんたが、ここで、会おうと、思っている男だよ。何人もの人間を殺した殺人犯だ。そんなことは、分かっているはずだ」

「全然分かりませ〜ん」

ちょっとふざけた口調で、美由紀が、いった。

「その携帯で、男と連絡を、取っていたのか？」

十津川が、畳の上に、放り出されている、美由紀の携帯を見て、いった。

亀井が、すばやく手を、伸ばして、その携帯を取り上げた。

「ねえ、私の携帯を、いったい、どうするのよ？　そんなことをすると、訴えるわよ。プライバシーの侵害だぞ」

美由紀は、男の口調で、文句をいった。

「男は、どこだ？」

また、十津川が、きいた。

「だから、知らないって、いっているじゃないの」

「君は、天橋立《あまのはしだて》にいた。そこから、列車に乗って、この城崎《きのさき》に来たんだ。何のために、城崎に来たのかね？　あの男と、会うためじゃないのか？」

「私だって、一人で、温泉に来たくなることがあるのよ。この城崎には、温泉に入りたくて、来たんだ。せっかく、温泉に入って、お酒を飲んで、いい気持ちになって、寝ていたら、突然、刑事さんたちが、飛び込んできたんじゃないのさ」

「天橋立には、何のために、行ったんだ？」

「決まっているじゃないの。あそこは、私の故郷だからよ。故郷に行って、どうして悪いのさ？」

「しかし、君は、故郷なんて、捨てた人間じゃなかったのか？　天橋立には、知り合いは、誰もいないんだろう？　それなのに、向こうに行ったのは、あの男に、会うためじゃなかったのかね？　あの男と連絡を取りながら、この城崎に来たんだ」

「さっきから、あの男、あの男って、いったい誰のことを、いっているの？　残念ですけどね、今の私には、男なんかいないよ。寂しいものよ。この城崎にだって、一人で来ているじゃないの。刑事さん、私の彼氏になってくれるの？」

美由紀が、笑うと、亀井刑事が、

「ふざけるな！」

と、怒鳴った。

「ふざけてなんか、いないよ。今、恋人募集中だから、刑事さんだっていいわよ」

美由紀が、いうと、なおさら、亀井は怒ったらしく、

「いいか、あの男のことを、正直にしゃべらないと、君は、共犯ということになるぞ。殺人の共犯だ。そうなれば、何年間も、刑務所にぶち込まれることになるんだ。それでもいいのか？」

脅かすように、いった。

3

美由紀が使っていた部屋は、火を消すために、水浸しになってしまったので、彼女は、別の部屋に移された。

十津川と亀井は、一階のロビーで、京都府警の前田警部と、話し合った。

「どう考えても、あの女が、放火したんですよ」

前田警部が、いった。

「同感ですが、証拠がない」

悔しそうに、十津川が、いった。

「しかし、灰皿が、障子のそばに置いてあったし、おそらく、灰皿の中に、マッチを入れておいて、そこに、火のついた、吸い殻を放り込んだんですよ。だから、燃え上がって、障子に、火がついて、おまけに、天井まで焦がした。あの女が、そうしたに、決まっていますよ」

「同感ですが、しかし、何のためにそんなことを、したのか?」

十津川が、首を傾《かし》げた。

「おそらく、例の殺人犯を、逃がすためではありませんか？　犯人は、あの女に会いたくて、この西村屋で落ち合った。ところが、警察が、旅館を、包囲してしまったので、何とかして逃げようと思い、そのために、あの女が、自分の部屋に、火をつけたんですよ。それで、われわれを、慌てさせておいて、その隙《すき》に、殺人犯の男を逃がしたんじゃありませんかね？」

前田がいう。

「しかし、誰も、この西村屋から、出ていっていないんですよ」

亀井が、いった。

「そうなると、嫌がらせですかね？　警察が、この旅館を、監視しているのを知って、犯人が、あの女に、火をつけろと、電話をしたんじゃありませんか？　きっと、犯人は、われわれが、慌てふためくのを見て、どこかで、喜んでいるんですよ」

前田がいい、今度は、十津川も、うなずいた。

「確かに、前田警部がいわれたことが、当たっているかも、知れませんね」

十津川は、美由紀から取り上げた携帯を、調べてみた。

「確かに、天橋立でも、この城崎でも、同じ番号の携帯から、電話がかかっていますね。最後の電話は、七時四十分です」

「午後七時四十分というと、ボヤが起きたのが、その十分後でしょう？　あの女は、犯人からの命令で、十分後の、午後七時五十分に、火を、つけたんですよ。もちろん、放火とは分からないように、灰皿の中に、マッチを置いておいて、それに、火のついた、煙草の吸い殻を放り込む。その灰皿が、障子のそばに、置いてあったから、それで火がついた」

前田が、断定的な口調で、いった。

「その点は、前田警部に同感です。明らかに、あの岡村美由紀は、犯人の男と、連絡を取っていて、天橋立から、この城崎に来たに、違いありません。そして、おそらく、この西村屋で、落ち合う予定だったのでしょう。ところが、警察が旅館を、包囲してしまった。それに腹を立てて、二人で、示し合わせて、ボヤ騒ぎを、起こしたのでしょう。残念ながら、それを証明するのは、難しいですけどね」

と、十津川が、いった。

灰皿の中に置いておいたと思われる、マッチも燃えてしまって、跡形もない。したがって、マッチを入れた灰皿の中に、火のついた煙草を、放り込んだという証拠は見つからず、推理するよりほかはない。

部屋には、西村屋の宣伝用のマッチが、一つ置いてあったことは間違いなく、それがなくなっているのだから、ボヤ騒ぎの時に、燃えてしまったのだ。

前田警部は、犯人が警察の包囲を知って、刑事たちを、脅かすために、岡村美由紀に指示して、ボヤ騒ぎを、起こしたに違いないといった。

十津川も、半分は、その説に、賛成だった。

犯人は、岡村美由紀に惚《ほ》れているらしいから、彼女に、会いたくて、この城崎で、落ち合うことにしたのだろう。それがうまくいかなくて、警察に、腹を立てたということは、十分に、考えられるからである。

「しかし」

と、十津川は、首を傾げる。

ただ、それだけのために、犯人は、携帯で指示して、岡村美由紀に、放火させたのだろうか？

とにかく、今回の犯人は、冷静に、何人もの人間を、殺しているのである。

（そんな男が、ただ、ムシャクシャしたという、それだけの理由で、ボヤ騒ぎを、起こすものだろうか？）

4

特急「きのさき五号」は、一九時五五分（午後七時五十五分）、定刻通りに、城崎温泉駅に到着した。

この特急は、京都始発で、一七時二六分に京都を出発、そしてほぼ二時間半をかけて、この城崎に、到着する。四両編成で、一号車の半分がグリーン車になっている。

そのグリーン車から、二人の男が、ホームに降りた。

改札口を通り、駅前に出ていくと、迎えの車が、着いていた。黒塗りのベンツで、運転手は車の外に出て、西村屋と書かれた札を掲げていた。

グリーン車から降りてきた、二人の男のうちの一人が、その運転手のそばに、近づいていって、

「迎えに来てくれたんですね」

と、声をかけた。

運転手は、

「北村喜一郎《きたむらきいちろう》先生ですか？」

「ええ、北村です」

「どうぞ、お乗りください」

運転手は、リアシートのドアを開けた。

同じように、グリーン車から降りてきた四十代に見える男が、

「田中《たなか》です。西村屋を予約してあるんですが」

と、いった。

「田中恵三《けいぞう》さんですね？　確かに、ご予約を承っております。どうぞ、お乗りください」

運転手は、その男もリアシートに乗せた。

その後、携帯で、西村屋にかけ、

「これから、そちらに向かいます。お客様二人、お乗せしました」

と、いった。

「城崎に来るのは、三度目なのだが、ずいぶん、賑《にぎ》やかになっているね」

北村と呼ばれた男が、運転手に、声をかけた。

「おかげさまで、たくさんの、お客様に来ていただいております。これも、北村先

生のおかげです」

「それほどの、働きはしていないが、少しでも、私が力になっているのであれば、嬉《うれ》しいと思うね」

北村は、笑顔で、いった。

運転手が乗り込み、車がスタートした。

「北村先生というと、S大学の先生ですか？」

隣に腰を下ろしている、六十代の男に、声をかけた。

一緒に乗った田中という男は、

「まあ、そんなところです」

北村が、肯《うなず》く。

「大学の先生とご一緒できるのは、光栄ですよ」

田中は、お世辞をいいながら、そっと、背広のポケットから、拳銃《けんじゅう》を取り出した。

そして、いきなり、北村の顔を、殴りつけた。

北村が、小さくうめいて、リアシートに横倒しになった。

男は、今度は、拳銃の銃口を、運転手に向けた。

「いいか、これは、オモチャじゃない。本物だぞ。命令に従えば、撃たないが、もし、反抗すれば、容赦《ようしゃ》なく撃つ。これから、まっすぐ海岸に行け。日和山《ひよりやま》だ」

西村屋の送迎用の車は、温泉街を走り抜けて、海岸に、向かった。

男は、銃口を、運転手に向けたまま、押し黙っている。

海岸に出た。そこには城崎マリンワールドという、大きな水族館があるのだが、この時刻では、その水族館も、閉まっている。

男は、さらに、海岸沿いの但馬《たじま》海岸道路、ついで国道178号線を、三十分近く走らせてから、

「止まれ」

と、運転手に、いった。

その後、後ろから、運転手も殴りつけて、失神させると、男は、手に持っていたアタッシェケースを開けた。

中には、プラスチック爆弾が、入っている。

そのタイマーを、二一時四〇分にセットした後、運転手と、北村喜一郎の二人を逃げられないように、用意してきた手錠で、車のハンドルに、繋《つな》いでおいてから、男は、車を降りた。

すでに、時刻は、午後八時を五十分も過ぎている。

男は、国道178号線を、ゆっくりと西に向かって歩き出した。

午後九時五分に、山陰本線の、香住《かすみ》駅に着いた。男は、用意してきた、切符を取り出して、ホームに入る。

三十二分後に、特急「はまかぜ五号」が、香住駅に到着した。

大阪発一八時〇六分の「はまかぜ五号」は、終点の鳥取には二二時二七分（午後十時二十七分）に着く。

「はまかぜ五号」も四両編成の特急で、二号車がグリーン車に、なっている。

男は、そのグリーン車に入って、座席に腰を下ろした。ウィークデイであるのに加え、この時間なので、車内は、空《す》いている。

男は、腕時計に目をやった。

今、二一時三八分、列車が動きだした。あと二分。じっと腕時計を見つめる。

二一時四〇分（午後九時四十分）。もちろん、国道178号線から爆発の音は、きこえてこない。

しかし、間違いなく、この時刻に、国道178号線の香住駅近くに停《と》まっていた、黒塗りのベンツが、一大音響とともに爆発し、見る見る炎に包まれていったはずだ。

5

国道178号線の爆発は、近くを走っていたトラックの運転手から、一一〇番された。

消防車二台と、パトカーが、ただちに、現場に急行したが、火の勢いが激しくて、消防車も近寄れない。遠くから、放水することになった。

火災そのものは、三十分ほどで、鎮火したが、その火災の後に、見つかったのは、悲惨な光景だった。

黒こげになって、グニャリとしたベンツの車体、その中から、男二人の焼死体が、発見された。かろうじて男性と確認されただけで、どこの誰とも、分からなかった。

ただ、爆発の時に、弾《はじ》き飛ばされたと思われる、ナンバープレートが読み取れて、それで、爆発、炎上した車は、城崎温泉の西村屋の車と判明した。

しかし、すぐには、西村屋には報告されなかった。その車が、西村屋の車であることの、確認が遅れたため、知らされたのは、一時間以上、経ってからだった。

その報告は、西村屋にとっても驚きだったが、同時に、旅館に詰めていた刑事たちにとっても、ショックだった。

今夜遅く、チェックインする客は二人。一人は、東京の、S大学の教授で、環境経済学が専門の北村喜一郎という六十二歳の教授、それと、田中恵三という男だった。

旅館の女将《おかみ》が、十津川に、説明した。

「確か、このお二人のお客様とも、特急『きのさき五号』でお着きになる予定だったので、うちの車が、駅まで、お迎えにあがったんですよ。ところが、なかなか帰ってこないので、心配していたんですけど、どうして、車が国道178号線で燃えてしまったのか、まったく分かりません」

「国道178号線の、どの辺りで、燃えたんですか？」

「知らせでは、香住駅の近くだそうです。なぜ、そんなところに、行ってしまったのか、まったく分かりません」

女将は、混乱した口調で、いった。

「迎えの車は、何時に、城崎温泉駅に向かったんですか？」

と、亀井が、きいた。

「今も申し上げたように、お客様は『きのさき五号』で、一九時五五分に、お着きになることになっていましたので、七時半には、もう迎えに行っておりました」

「旅館で火事があったのが午後七時五十分、二人のお客が、特急で着くのは、午後七時五十五分。時間的にぴったりですよ」

十津川は、前田警部を見た。

「私も、そのことを、考えていたんです。あのボヤ騒ぎがなければ、この旅館の人たちは、城崎温泉駅に迎えに行った、車のことを、心配していたでしょうし、われわれも、そのことが気になっていたはずです。ところが、あのボヤ騒ぎのせいで、そのことを、つい、忘れてしまった。間違いなく、あれは陽動作戦だったんですよ」

前田は、口惜《くや》しそうに、いった。

十津川は、兵庫県警に、これまでの事件の説明をしておいてから、県警のパトカーに、乗せてもらって、爆破現場に向かった。

パトカーは、日本海沿いに延びる、国道178号線を、西に向かって走る。

やがて、前方に、パトカーや、消防車が、停まっているのが見えてきた。道路の端に、黒こげになった車体も、見える。

国道178号線の香住辺りは、兵庫県警の管轄《かんかつ》である。だから、先に来て停まっているパトカーも、兵庫県警の車だった。

十津川たちは、そこにいた、兵庫県警の刑事から説明を受けた。

「二人の男の焼死体は、今、司法解剖のために病院に、送っております」

「どんな具合だったんですか？」

十津川が、きいた。

「その男、二人ですが、手錠を使って、ハンドルに繋がれていました。どんな状態で爆発があったのかは、今のところ、まだ、分かりませんが、気がついていたとしても、あの状態では、逃げることはできなかったと思いますね」

兵庫県警の刑事が、十津川に、いった。

「すごい爆発だったようですね？」

亀井が、きいた。

「この近くに、民家があるんですが、そこに住んでいる人たちは、爆弾が落ちたと、思ったそうです。近くを走っていたトラックの一台が、その爆風を受けて、横転しています」

もう一人の刑事が、いった。

なるほど、近くに、十一トントラックが、横倒しになっている。

「おそらく、使われたのは、プラスチック爆弾ですよ」

亀井が、十津川に、いった。

「まず、間違いないな。例の犯人の仕業《しわざ》だ」

十津川は、うなずき、前田警部にも、伝えた。

「例の犯人に、間違いないと思いますよ」

「犯人は一連の事件の殺し屋だと、十津川さんは考えておられるのですか？」

「ええ、そう考えています。この犯人は、恐らく、東京で飲み屋のママを絞殺し、箱根湯本と特急『文殊一号』の車内で、プラスチック爆弾を使って、三人の男女を、殺していますから、今回の事件も、使用されたのはプラスチック爆弾だと、そう思っています」

「とすると、今回、狙《ねら》われたのは、西村屋に泊まるはずだった、北村喜一郎という大学の先生ですかね？」

「そうでしょうね。もう一人の被害者は、西村屋の運転手だと、思われますから」

「今日、同じ列車で、城崎に着いた、田中恵三という男がいますね。おそらく、偽名でしょうが、この男が犯人でしょうか？」

前田が、焼けこげた、ベンツに目を向けながら、十津川に、いった。

「そうでしょうね。間違いなく、田中という男が、犯人に、違いありません」

「その犯人は、どこかへ逃亡したと、思われますか？」

「犯人は、城崎温泉駅近くで、車を爆破してはいません。わざわざ、ここまで、車を走らせておいてから、爆発させています。それを考えると、この近くの、山陰本線の駅から列車で、逃げたのではないでしょうか？　そして、犯人ですが、共犯者の車で、逃げたということは、考えにくいのです。この犯人は、一匹狼と考えています。ここまでは、爆破した車に、乗ってきたと思います。ですから、この近くの、山陰本線の駅から、列車に乗って逃亡したと思いますね」

「この近くの駅というと、香住駅ですが」

「そこに、行ってみようじゃありませんか？」

と、十津川は、いった。

6

三人は、そこからは、県警のパトカーには、乗らず、夜の国道178号線を、西に向かって歩き出した。

犯人も、車を使わず、香住駅まで歩いて逃げたと、思われたからである。

十分ほども歩くと、山陰本線の、香住駅に着いた。

三人は、駅の構内に入ると、時刻表に目をやった。

亀井が、自分の腕時計を、見てから、

「爆発があったのは、午後九時四十分と、いわれています。おそらく、犯人は、その時刻に、タイマーをセットしておいてから、車を降りて、この香住駅に来たのだと思いますね。時刻表を見ると、この香住駅を、二一時三八分（午後九時三十八分）に出発する特急『はまかぜ五号』があります。犯人は、ここから、その列車に乗ったに違いありません。そして、列車が走り出した直後に、あの国道178号線で、車が爆破したんですよ」

「まずいな」

と、十津川が、いった。

「すでに、午後十一時を、過ぎている。今、カメさんのいった特急『はまかぜ五号』は鳥取行きで、終点の鳥取着は、二二時二七分、（午後十時二十七分）なんだ。すでに、列車は終点の鳥取駅に、着いてしまっていて、犯人が『はまかぜ五号』に乗っていれば、すでに、その列車から、降りてしまっていることになる」

「確かに、犯人は、周到に、時刻表を見て計算し、逃亡したんだと、思いますね」

と、前田警部も、いった。

十津川は、駅員に、話をきくことにした。

「この香住駅を、二一時三八分に出発した特急『はまかぜ五号』ですが、ここから、何人の人間が、列車に乗りましたか？」

十津川が、きいた。

犯人一人だけが、乗ったとすれば、犯人の顔を、駅員は、覚えていてくれているかも、知れない。十津川は、それを、期待してきいたのだが、

「そうですね。あの列車には、この香住の温泉旅館に、泊まっていた十二、三人のグループの人が、乗りましたよ」

という返事が、返ってきた。

「それは、グループで、乗ったんでしょう？　ほかに、中年の男が一人、乗りませんでしたか？」

亀井が、きいた。

「そうですね。確かに、お一人、別のお客さんも、お乗りになりましたよ。今、刑事さんがいわれたように、四十代の男の方です」

「その男ですが、この香住駅で、切符を買ったんですか？」

「いや、切符は、もうすでにお持ちでした。終点の鳥取までの、グリーンです」

と、駅員が、いう。

犯人は、前もって、この香住駅から、逃亡するつもりで、あらかじめ、切符を買っておいたのだろう。

「その男ですが、何か、特徴を覚えていませんかね。顔立ちとか、背格好とか、何でもいいんですが」

前田警部が、駅員に、きいた。

駅員は、しばらく、考えていたが、

「そういわれましてもね。今もいいましたように、この香住温泉の旅館に、泊まっていた人たちが、十二、三人、ドッと、乗ってきましたからね。その男の人も、一緒になって、乗ってしまったので、はっきりとは、覚えていないんですよ」

「どんなことでもいいんですがね。その男のことで、覚えていることがあったら、教えてもらえませんか？」

十津川も、駅員に、いった。

「そうですね」

駅員は、また、考えてから、

「そういえば、やたらに、腕時計を見ていらっしゃいましたよ。特急『はまかぜ五号』が、遅れるとでも、思っていたんですかね。きちんと定刻に着いたのに」

たぶん、犯人の男が、気にしていたのは、「はまかぜ五号」の到着時刻もあったろうが、それ以上に、自分がプラスチック爆弾に、セットしたタイマーのことではなかったのか?

とにかく、爆発した時には、自分の乗った「はまかぜ五号」が、この香住駅を、離れていて欲しかったのだ。

7

十津川たちは、城崎温泉の、西村屋に舞い戻った。そこで、十津川たちは、もう一度、岡村美由紀を、訊問《じんもん》することにした。

「今、騒ぎがあったから、もう知っているだろう? この西村屋の送迎用の車が、香住駅近くの、国道178号線で爆破されて、二人の男が、死んだ」

十津川は、まっすぐ、美由紀を見つめて、いった。

「そうなんですか？」

美由紀が、無表情に、きき返す。

「君は、何も感じないのかね？」

亀井が、横から、彼女を、睨むように見た。

「感じるって、何をです？　その爆破だって、私がやったわけじゃ、ありませんよ」

「もちろん、君が、やったわけじゃない。しかし、君がよく知っている、あの男が、やったんだよ。あの男は、また、二人の人間を殺したんだ」

十津川が、いうと、美由紀は、笑って、

「あの男、あの男って、名前を、教えていただけません？　名前が分からないんじゃ、お答えのしようが、ありませんけど」

「まだ、名前は分からない。しかし、殺人犯であることは、間違いないんだ。君と寝ていることも、はっきりしている。君に、やたらに、電話をかけてきて、この旅館で、ボヤ騒ぎを、起こさせたんだ。その騒ぎに乗じて、国道178号線で、二人の男を殺したんだ。君が、会いたくて、天橋立から、この城崎までやって来て、何回も、電話連絡をしている、その男が、二人の人間を殺したんだよ。ほかにも、殺しをやっている。そんな男のことを、君は、どうして、庇《かば》おうとするのかね？」

十津川が、いった。

「だから、ちゃんと、名前を教えていただきたいの。こう見えてもね、何人か、親しくつき合った男がいるのよ。もし、そのなかの一人だったら、私も本当に申し訳ないと、思うわよ。でも、名前も、分からないんじゃ、私が、どうこう、できないじゃないの。それに、十津川さんも、亀井さんも、刑事さんなんでしょう？　それなら、その犯人だという男を、サッサと、捕まえたら、いいじゃありませんか。捕まえられないからといって、私のせいにしないで、くださいね。こっちだって、迷惑しているんだから」

美由紀が、今度は逆に、十津川たちを睨むように見て、いった。

この刑事たちのせいで、この城崎で、あの男に、会えなかった。そのことに、無性に腹が立っていた。

刑事たちが、彼女を、責めれば責めるほど、美由紀のほうも、癪《しゃく》に障ってくるのだ。

すでに、十二時を回っている。

「少し眠らせてもらえませんか？　疲れているんだけど」

美由紀が、いった。

「じゃあ、訊問は、このくらいで、止《や》めておきますがね、明日もまた、いろいろと、おききすることになりますよ」

十津川が、いい返した。

8

夜が明けると、マスコミも、事件のことを知って、城崎に、押しかけてきた。その対応は、兵庫県警に、任せておいて、十津川と亀井は、いったん、東京に戻ることにした。

今回の被害者、北村喜一郎が、S大の教授と、分かったからである。

昼過ぎに東京に戻ると、西本刑事が、待っていて、

「S大に行って、北村教授のことを、調べてきました」

と、十津川に報告した。

「どんな先生なんだ？」

「環境経済学の教授で、趣味として、温泉の研究をやっていたそうです。最近は、

その趣味のほうで、有名になってしまって、温泉に関する本を、何冊も出していま
す。それでですかね、北村教授の推薦する温泉は、学術的にも、効用のある温泉だ
ということで、評判があがるそうです。昨日、城崎温泉の、西村屋に呼ばれたのも、
そのためだと、いわれています。学校の話では、一カ月前から、城崎温泉をはじめ、
山陰の温泉を、講演して歩くことになっていたそうで、その第一日目が、城崎温泉
の西村屋に、なっていたそうです」
西本は、本屋で購入したという、北村喜一郎が、書いた温泉の本を、十津川の前
に、並べて置いた。
なるほど、『これこそ、ホントの温泉』とか、『温泉の効能』とか、そういった本
ばかりである。そして、帯には、「温泉の権威、北村教授」と書いてあった。
「この大学教授が、温泉の権威だからといって、それが理由で、殺されたわけじゃ
ないだろう?」
亀井が、いうと、今度は、日下《くさか》刑事が、
「西本刑事と一緒に、S大に行って、調べてきたのですが、今年は、S大で、学長
選挙があって、大変みたいです。S大にも、派閥《はばつ》があって、北村喜一郎は、その一
方の、学長候補だそうですよ」

「それで、狙われたのかな?」

　十津川が、いった。

「S大というのは、有名なマンモス大学で、大学というよりも、一つの企業のようなものですからね。その学長になれば、相当の利益があるようで、それで、学長選挙のたびに、猛烈な、批判合戦とか、評議員の抱き込み合戦のようなものが、あるそうです。巨額な金も動くそうで、それが、週刊誌に、書かれたこともあります」

　日下刑事が、いった。

「そうなると、対立候補の側が、金を払って、殺し屋を、雇ったことになるのかね?」

　十津川が、きく。

「まさか、そんなことは、ないと思うのですが、とにかく、あそこの学長選挙は、猛烈だそうですからね。ひょっとすると、対立候補が、北村喜一郎を、殺したのかも知れませんね」

　S大の学長選挙には、二人の候補が、立候補していた。その一人は、国道178号線で殺された北村喜一郎、もう一人は、北村より、二歳年上の、六十四歳の小早川進《こばやかわすすむ》という、法学部の教授だと、いう。

「どちらが、優勢なんだ?」

亀井が、西本と日下の二人に、きいた。

「S大の何人かの教授や、学生などに、きいてみたのですが、北村喜一郎のほうが、テレビに出たりして、人気があるし、今は、温泉ブームですからね。これからの、S大の経営には、そうした、人気のある北村教授のほうが、適任ではないか。そういう、空気があるようです。小早川進という教授のほうは、地味で、なかには、彼が学長になると、S大の人気が、落ちるのではないかといった、そんな心配をする教授も、いるみたいですね。それで、どちらかといえば、北村喜一郎のほうが優勢だった。それは、いえると思いますね」

と、西本が、いった。

「S大出身の政治家も、多いんじゃないか?」

十津川が、いうと、日下は、うなずいて、

「とにかく、マンモス大学ですからね。何人もの、政治家が出ています。前の総理大臣も、確か、S大の出身ですよ」

と、いった。

これからは、少子化の影響を受けて、大学に行く人間の数も、少なくなってくるだろうといわれている。

　今はまだ、受験生の数のほうが、多いが、そのうちに、募集人員より、受験生の数のほうが、少なくなってくる。当然、大学は、少しでも、学生にとって、魅力的な大学にしようと、努力するだろう。

「そんなことを、S大の事務局の、職員もいっていましたよ。とにかく、最近の学生は、面白《おもしろ》くなければ、授業にも、出てこないみたいですからね。それに、S大は、演劇学科もあるし、部活では、ゴルフ部なんかも、盛んなんですよ。テレビ関係にも、S大の出身者が、何人もいて、活躍していますからね。そうなると、地味で、面白味のない、学長よりも、明るくて、温泉学の権威で、テレビにも、よく顔を出すような、北村教授のほうが、人気もあるし、力もあるのは間違いないんです」

　日下が、いった。

「S大の学長選挙について、調べてみる必要ありだな」

　十津川は、部下の刑事たちに、いった。

捜査を進めていくと、学長候補の二人、北村喜一郎と、小早川進の二人の、教授の際立った相違が、わかってきた。

9

小早川進は、確かに、法律学、特に民法の権威で、信頼はされているが、地味な存在だった。学生に、いわせると、小早川の講義は、あまり面白くないので、人気がないともいう。

それに反して、北村喜一郎は、学生にいわせると、講義が面白いというし、話も洒脱《しゃだつ》なので、テレビにも、よく出ている。

十津川も、テレビで何回か、北村の話をきいたことがあった。

今度の学長選挙は、冷静に見て、六対四ぐらいで、北村喜一郎のほうが、優勢だった。

その北村が、亡くなってしまった。今から、北村の後釜《あとがま》を見つけるのは難しいので、小早川進が選挙をせずに、学長に、選ばれるのではないか？　そうした空気が、S大の中に、広まっていると、十津川は、きいた。

「北村教授が、ああいう形で亡くなった。いや、殺されて、しまいましたからね。当然、警察が、調べることになる。そんな時に、学長選挙を、やっていては、まずいのではないか？　今は、小早川進教授を、全員一致の推薦で、学長にしようじゃないか。そういう、空気も生まれているんです」

と、事務局の職員が、十津川に、教えてくれた。

もちろん、北村教授が、ああいう殺され方をしたので、事件の裏に、何かあるのではないかとの声も、きこえているとも、事務局の職員は、教えてくれた。

「それは、つまり、対立候補の小早川教授のほうに、何かある。そういうことですか？」

十津川が、きくと、

「そんなことは、口が、裂けてもいえませんけどね。噂《うわさ》が、流れるんですよ、こういうことには。それで、皆さん、ピリピリしているんです」

事務局の職員が、困惑した顔で、いった。

「それで、この際、選挙は取り止めて、全員の推薦で、小早川教授を次の学長にしよう。つまり、そういうことに、なっているわけですか？」

亀井が、きく。

「ええ、多分、そういう方向に動くと思いますね」

と、事務局の職員は、いった。

10

兵庫県警は、今回の殺人事件について、調べた結果を、電話で、十津川に、知らせてくれた。

「犯人の男が、岡村美由紀と交わした、携帯の電話なんですが、その番号がわかりました。ところが、犯人のものはプリペイド式の携帯電話で、持ち主の名前は、分かりません。おそらく、犯人は、このプリペイドの、携帯電話を、闇《やみ》で買ったんじゃないかと、思いますね。それで、残念ながら携帯電話の線から、犯人に、迫ることはできなくなりました」

兵庫県警の警部が、残念そうに、電話で、いった。

現在、プリペイド式携帯電話は、何十万台も、あるといわれていて、かなりの数が、犯罪に使われているということも、周知の事実だった。

そのプリペイド式の携帯電話を、犯罪に使う者もいれば、逆に、犯罪者に、それを売る業者もいるのだ。

「岡村美由紀は、どうしていますか？」

十津川が、きいた。

「証拠はありませんが、あの爆殺事件の共犯の疑いがありますからね。県警が、二十四時間、彼女を監視しています。ただ犯人と、連絡を取っていたというだけでは、逮捕ができませんから、その点、苦労しています」

兵庫県警が、十津川に、答えてくれた。

「今、彼女は、西村屋にいるんですか？」

「いや、さすがに西村屋には、いづらいらしく、現在、香住温泉の旅館に移動しています。もちろん、この旅館も、県警の監視下に、置かれています」

第五章　男の肖像

1

十津川は、無性に、腹が立っていた。自分自身に腹が立って、仕方がないのである。

東京から天橋立、そして、城崎と、犯人をずっと追っていって、いいように、あしらわれてしまった。

特に、城崎では、犯人と、連絡をしていると思われる女を、マークしていながら、まんまと犯人に、人殺しを、実行させてしまったのである。しかも、その犯人は、現在、悠々《ゆうゆう》と逃げている。

城崎で、殺された北村喜一郎は、S大の教授で、学長選挙に、絡んで殺されたらしいということが分かった。

しかし、十津川にとって、そんなことは、何の、慰めにもならなかった。せっかく、城崎まで、犯人を追っていきながら、殺人を防ぐことが、できなかったからである。

防ぐことが、できなかっただけではなく、犯人も、まんまと、取り逃がしてしまっている。

「これはもう、われわれの、完全な敗北だよ。完敗だ」

十津川は、亀井に向かって、吐き捨てるように、いった。

「しかし、犯人の目星は、ついているんですよ。あの男です」

亀井が、慰めるように、いう。

しかし、十津川は、相変わらず、自分に腹を立てていた。

「少しばかり、犯人のことが、分かっているだけに、なおさら悪い」

「犯人は、今まで、金を貰って殺しを引き受け、今のところ、全部成功しています。

こうなると、また、誰かが、金で、あの男に、殺しを頼むんじゃありませんか？」

「おそらく、誰かが、頼むに決まっている。そして、あの男は、それを、実行するんだ。このままじゃ、それを、防ぐことはできない」

十津川は、亀井に向かって、いった。

「ここで、冷静になって、犯人について、考えてみようじゃありませんか？」

亀井が、いった。

「考えるというと？」

「犯人が、どんな男か、それを、一つ一つ、箇条書きにして、書いていくんです」

亀井は、捜査本部の黒板に向かって、いった。

「よし、やってみよう」

と、十津川も、うなずいた。

一、四十代の男である。

と、まず、亀井が、黒板に書いた。

「今まで犯人は、プラスチック爆弾を、使って、殺人を行っている。つまり、犯人は、プラスチック爆弾の扱いに、熟練しているんだ」

と、十津川が、いった。

亀井が、そのことを、黒板に書きつける。
二、犯人は、プラスチック爆弾の扱いを熟知している。
続いて、亀井は、次のように書いた。
三、犯人は、縁起を、かつぐところがある。犯行の前に、必ず女と、寝ている。
それが、犯人にとって、縁起をかつぐことなのか、あるいは、女と寝ることで、気持ちを落ち着けることができるのかは、分からないが、これは、まず実行している。

そして、東京の巣鴨にある、バーのママ、岡村美由紀、三十三歳、に惚《ほ》れているらしい。

少なくとも、城崎では、彼女に電話して、ボヤ騒ぎを起こさせ、陽動作戦に使った疑いが、強い。

次に、十津川と亀井は、今までに、犯人の男によって、殺された男女の名前を、書き並べていった。

弁護士　中西武彦と、その妻、啓子
巣鴨の飲み屋のママ　水野和子
ＩＴ企業社長　川野健太郎
大学教授　北村喜一郎
西村屋旅館の運転手

「この六人のうち、飲み屋のママ、水野和子と、西村屋旅館の運転手は、たまたま、殺されただけであって、犯人が、金を貰って、殺した標的ではない。犯人が殺した標的は、現在までに四人。この四人は、誰かが、犯人に金を払って、殺させたことは、間違いない。とすれば、依頼主が、いるはずである。これから、犯人像を、確認していくと同時に、犯人に、殺しを依頼した人間を、見つけ出そうじゃないか？」

と、十津川が、いった。

2

特急「文殊一号」の車内で殺された、弁護士の中西武彦と妻の啓子の場合、本当に、狙《ねら》われたのは弁護士の中西武彦のほうで、妻の啓子は、たまたま、夫と一緒の列車に乗っていたために、殺されたに違いない。

被害者、中西武彦は、東京弁護士会に、所属していたので、十津川たちは、京都府警の要請を受けて、この弁護士について、いろいろと調べた。

六十歳の中西弁護士は、殺された時、ある民事裁判の、弁護団長をやっていた。相手は、中央自動車である。

中央自動車が、今年になってから、新車として売り出した、スポーツタイプの乗用車が、続けて、三件の自動車事故を、起こした。中央自動車のほうは、運転ミスと発表している。

そのうちの一件、三十歳の、サラリーマンが運転した車が、事故を起こし、サラリーマンが死亡した。その妻が、中央自動車を訴え、そして、中西武彦が、原告側の弁護団長を、務めることになった。

中央自動車側は負ければ、大損害である。

新聞、あるいは、週刊誌の論調などを見ると、どちらが優勢とは、いえないような状況だった。

問題の車を買って、運転する顧客の層が、大体二十代から三十代で、車を、スポーツカー並みに、走らせていたから、中央自動車側のいう、無謀運転のための事故という考えも、あったからである。

それに、もう一つ、分からなかったのは、中西武彦が、妻の啓子と二人で、特急「文殊一号」に乗り、天橋立に、向かった目的だった。

弁護団にきいても、分からないという。急に、団長の中西が、行くといって、出かけてしまったので、その理由は、分からないという返事だった。

もし、ただの、観光に行ったとすれば、大事な民事裁判を控えていて、その弁護団長が、そんな旅をしたことについて、不謹慎の、そしりは免《まぬが》れない。

それが、ここに来て、旅行の理由が分かってきた。

天橋立でも、問題の車が、「文殊一号」爆破事件のあった、三カ月前に、事故を起こしていたのである。

運転していたのは、五十歳の商店主。慎重運転を、続けていて、三十年間、無事故無違反のドライバーだった。

こんな男が、無謀運転をすることは、考えにくい。従って、この事故を調べれば、問題の車の欠陥が、分かるのではないか？

おそらく、中西弁護士は、そう考え、それを確認するために、妻と一緒に、天橋立に、向かったのではないか？

わざと、観光らしく見せかけて、天橋立に行ったのは、中央自動車側の、妨害を恐れていたためではないのか？

十津川は、そんなふうに、考えた。

もし、この推測が、当たっているとすれば、例の犯人を雇って、弁護士、中西武彦夫妻を列車内で殺したのは、中央自動車側の、人間ということになってくる。

次は、箱根で殺された、ＩＴ企業の社長、川野健太郎の件である。

川野健太郎は、四十二歳である。

ＩＴ産業で、大成功を収めたためだろうか、ライバル会社から、目の敵《かたき》にされていた。十津川たちが、調べたところ、少なくとも五人の男が、川野健太郎を憎んでいたことが分かっている。

それからもう一つ、川野健太郎はこの時、箱根湯本のホテルＹで、浅井慶子という女優と、密会していた。

川野は、すでに、何年か前に結婚していて、由美《ゆみ》という妻がいるから、これは、明らかに浮気である。もし、そのことで、妻の由美が腹を立て、あの男に殺しを、頼んだという線も考えられた。

あるいは逆に、浅井慶子を好きな男が、いるとしたら、そちらの線ということも、考えられる。

三人目は、城崎で、殺された北村喜一郎である。

この六十二歳の、S大の教授は、学長選挙で、小早川進という二歳年上の、法学部の教授と、学長の椅子《いす》を、争っていた。その選挙で負けそうになった小早川教授陣営が、あの男に頼んで、北村喜一郎を殺させたということも、十分考えられる。

十津川が、亀井に、いった。

「この三つの事件のうち、一つでも、問題の男に、殺しを頼んだ人間か組織が分かれば、殺し屋が、どんな男なのか、分かってくると期待しているんだがね」

「しかし、金を払って、殺しを頼んだなどということは、なかなか、自供しないのではありませんか？」

と、亀井が、いう。

「難しいことは、私にも、よく分かっている。しかし、この三つの事件に、あの男が、全部、関係していることは、確かなんだ。中央自動車、それから、川野健太郎を憎んでいる人間、三番目は、S大の学長選挙に絡んで、小早川教授側の人間が、間違いなく、問題の男に、殺しを頼んでいるんだよ」

「では、中央自動車の、民事裁判の件から、当たってみようじゃありませんか？」

と、亀井が、いった。

3

この民事裁判で、原告側の、弁護団の人数は八人。弁護団長の中西が、死んだので、新しく荒井という弁護士が、団長になっているはずだった。

十津川と亀井は、弁護団に会いに行った。

十津川が、新しく、弁護団長になった荒井《あらい》弁護士に、話をきくことにした。

「私たちは、純粋に、殺人事件の、捜査の一環として、ここに来ました。ですから、問題の民事裁判に、介入するつもりは、まったくありません。それで、中西弁護士夫妻が、殺された件ですが、われわれの捜査では、誰かに、頼まれた男によって、プラスチック爆弾を使って、殺されたと思われるのです。この男は、ほかにも二度、プラスチック爆弾を使って、三人の人間を殺しています。われわれの捜査によると、中西弁護士が、何のために、天橋立に行ったのか？　それが、少しばかり、分かりかけてきているのですが」

と、十津川が、いうと、荒井弁護士も、うなずいて、

「こちらも、ようやく、気がつきました。天橋立で起きた、自動車事故、これは、問題のスポーツタイプの車による、事故なんですが、中西さんは、この事故を、調べに行ったんですよ。それがやっと、分かりましてね」

「事故を起こした、五十歳の男性は、死亡してしまっているんですね？」

「そうなんですよ。そのうえ、この事故を調べた地元の警察は、運転手の、無謀運転のための事故と、断定して、発表しました。しかし、そのことに、納得できなかった奥さんが、自動車の専門家に頼んで、もう一度、この事故について、調べ直してもらったところ、車に根本的な、欠陥があったのではないかということが分かりかけてきたんです。そのことを、中西さんは、敏感にキャッチして、それを、確かめるために、天橋立に行ったんだと、思いますね」

「それで、原告側優位に、裁判は進みそうなんですか？」

十津川が、きくと、荒井は、急に眉《まゆ》を曇らせて、

「問題は、この自動車の、専門家の証言なんですけどね。中西さんが、あんな死に方をしたものですから、すっかり、怖《お》じけづいてしまって、裁判で、こちらの証人として、証言してくれそうにないんです」

「中央自動車の側で、指揮しているのは、誰ですか？」

十津川が、きいた。

「向こうも、こちら以上の、十五人の弁護団を組織していますが、しかし、会社側の人間として、この裁判を、担当しているのは、本橋《もとはし》という、若い取締役ですよ」

「その本橋という取締役は、どんな、人間なんですか？」

十津川が、きいた。

「よく会社が、総会屋対策で、雇う人間がいるでしょう？　それが、本橋という、取締役ですよ。一応、取締役という肩書きには、なっていますが、それは、対外的に、総会屋なんかと、交渉する時の肩書きです。実際には、まだ四十歳になったばかりの、ちょっと、強面《こわおもて》のする男です」

と、荒井が、いった。

本橋取締役の、フルネームは、本橋邦夫《くにお》だと、荒井が教えてくれた。

「どこかで、きいたような、名前だな」

十津川が、小声で、亀井に、いった。

「ひょっとすると、警察庁の、元課長じゃありませんか？　確か、警察庁で、警視まで行きましたが、問題を起こして、クビになった男のはずですよ」

亀井の言葉をきいて、十津川も、本橋邦夫は、暴力団に、捜査情報を流したかどで、クビになった男だと、思い出した。

捜査本部に、戻ると、十津川は、組織犯罪対策部の中村という警部に、協力を求めた。

「元警察庁の警視で、本橋邦夫というのがいるんだ。東京の、暴力団Ｋ組に、捜査情報を洩《も》らしたことで、クビになった男だ。まだ本橋は、Ｋ組と関係を持っていると、私は睨《にら》んでいるんだが、その点を、調べてもらえないか？」

「調べるのは構わないが、できれば、もう少し詳しく、状況を、話してくれないか？」

と、中村が、いう。

「中央自動車と、民事裁判を争っている弁護団があって、その団長を務めていた中西という弁護士が、プラスチック爆弾を使って、殺されたんだ」

「ああ、その事件は、知っているよ」

「どうも、この犯人を、雇ったのが、中央自動車で取締役をやっている、本橋邦夫らしいんだ。ということは、本橋が、プラスチック爆弾を使った、この犯人を、知っていたことになる。おそらく、この件に、東京のK組が関係しているんじゃないかと思うのだが、それを、調べてもらいたくてね」

　と、十津川が、いった。

　中村警部は、二日後に、一枚の写真を持ってきて、それを、十津川に見せた。

「この写真の男、名前は、森田誠二《せいじ》、四十歳、おそらく、捜査一課が、探している犯人は、この男じゃないかと、思うがね」

　と、中村は、いった。

　あまりに、あっさりと、名前をきかされ、写真を見せられて、十津川は、

「どうして、そんなに、簡単に分かったんだ？」

「この男なんだが、ある意味で、有名人でね。かつて、陸上自衛隊の爆発物処理班にいたことのある人間なんだ。それが、女のことで問題を起こしてね。それも、人の奥さんに、ストーカーまがいの行為をして、逮捕されたんだ。自衛隊を、クビになったあとは、暴力団に入ったんだが、どこの暴力団でも、森田のことを、使いき

れなくてね。何しろ、プラスチック爆弾を使って、自動車ごと、吹き飛ばしたり、家を、爆破したりするからね。今の暴力団は、そんな派手なことはやらないんだよ。だから、どこの組からも、森田は、煙たがられて、とうとう姿を消したと、思われていたんだが、今度の一連の事件は、この男の仕業《しわざ》だと思うんだよ」

「この森田という男だが、最後は、どこの組にいたんだ？」

「君のいっていた、東京のK組だよ」

と、中村が、教えてくれた。

「プラスチック爆弾は、どこから手に入れているんだろう？」

「この森田が、自衛隊に、在籍していた頃、アメリカ軍と、合同演習をすることが、何回かあったらしい。その時、森田は、アメリカ兵と知り合いになったといわれている。そのアメリカ兵も、森田と同じ爆発物処理班にいたらしいから、そのルートで、プラスチック爆弾を手に入れているんじゃないかね」

4

十津川と亀井は、森田誠二、四十歳について、彼が勤務していた、埼玉の自衛隊基地に行き、彼のことを、きいた。

森田が、この基地にいた頃、一緒に爆発物処理班で働いていて、今は、その責任者になっている井上という班長が、十津川の質問に、答えてくれた。

「森田は、真面目《まじめ》で、研究熱心な男でしたよ。特に、プラスチック爆弾については、一生懸命に、勉強していましたね。北海道で、米軍と合同で演習を行った時など、片言の英語を使って、向こうの、同じ爆発物処理班の人間に、プラスチック爆弾のことを、きいていましたよ。ただ、どうにも、女癖《おんなぐせ》が悪くてね。それで失敗をして、自衛隊を、辞めざるを得なかったんですが、おそらく、プラスチック爆弾の知識に関しては、森田の右に出る者はいないんじゃないですかね」

と、井上班長は、いった。

「確か、人の奥さんに、ストーカーまがいの行為を働いて、それが原因で、自衛隊を、辞めたときいたのですが？」

「そうなんですがね。どうにも、私には、分からんのですよ」

と、井上が、いった。

「何が、分からないんですか？」

「森田が好きになった女ですが、確かに、人の奥さんでしたが、三十代で、少し生活に疲れたような、私なんかが、見れば、あまり魅力のある女性では、なかったですからね。そんな女に、どうして、惚《ほ》れてしまったのか？　ひょっとすると、相手が、苦労しているので、それで、同情したのかも、知れませんね。しかし、ストーカーまがいの行為ということで、事実上は、クビに、なってしまったんですよ」

「つまり、女性に対して、惚れっぽいんですか？」

「そういえば、確かにそうですよ。この近くに、小さな、飲み屋があるんですが、その店の女将《おかみ》にも、惚れたりしていましたから。なぜか知らないけど、森田という男は、中年の、ちょっと、翳《かげ》のあるような女が好きでしたね」

井上は、笑った。

「ほかに、彼の、癖のようなものは、ありませんでしたかね？」

亀井が、きく。

井上は、ちょっと考えてから、

「バクチは、あまり、やりませんでしたが、競馬だけは、好きでしたね。それも、妙に玄人《くろうと》くさくて、シロイッセンという馬が、好きで、その馬が、レースに出ることが分かると、遠くの競馬場まで、わざわざ、出かけていましたね」

「シロイッセンという馬ですか？」

「ええ、確か、そんな、名前の馬でしたよ。確か、今でもまだ、現役で、走っているんじゃないですか？」

「森田に、奥さんとか子供とか、家族は、いるんでしょうか？」

「それは、きいたことが、なかったですね。父親が早く死んだので、子供の時から母親一人に、育てられた。そうきいています。その母親も、森田が十代後半の頃に、病死してしまって、どうやら、その母親が好きだったようです。彼が、三十代のちょっと生活に疲れたような女ばかり、好きになるのは、母親の面影を、追い求めていたからじゃないかと、今になると、思いますね。彼の母親も、確か、働きづめで、三十何歳かで、亡くなっていますからね」

井上が、教えてくれた。

この井上班長の言葉が当たっていれば、あの岡村美由紀は、森田の亡くなった母親に、どこか、似ているのかも知れない。

5

捜査本部に戻ると、十津川は、中央競馬と公営競馬の両方に、電話をかけ、シロイッセンという馬について、きいてみた。

その結果、明日の土曜日に、この馬が、大井競馬場で走ることが、分かった。

土曜日の第十レースだった。今日は金曜日なので、土曜日の、出走表が出る。

若い西本刑事が、スポーツ新聞を、買ってきた。

なるほど、大井競馬の明日、土曜日、第十レースの欄を見ると、確かに、シロイッセンという馬の名前が、書かれてあった。

第十レースの出走予定時刻は、午後三時になっている。

捜査本部で、十津川は、このことを、刑事たちに話し、自衛隊で入手した、森田誠二の顔写真を、全員に配った。

「果たして、森田が、大井競馬場に、現れるでしょうか?」

と、西本が、きく。

「どうともいえないが、森田の昔の仲間の話では、彼は、かなりの、競馬ファンらしい。それに、シロイッセンという馬に入れ込んでいて、その馬が出走する時は、競馬場に、よく行っていたらしいから、可能性は、五十パーセントは、あると、私は思っている」

と、十津川は、いった。

兵庫県警から、電話が入った。

「香住温泉の、旅館に泊まっていた岡村美由紀ですが、今日、旅館を、チェックアウトして、姿を消しました」

「彼女の行き先が、分かりますか？」

「尾行をつけたので、山陰本線の列車に乗って、京都駅で降りた時点まで、確認したのですが、駅構内の混雑で、見失ってしまいました。しかし、彼女が、新幹線ホームのほうに、歩いていったことだけは分かっていますから、おそらく、新幹線を使って、東京に帰ったのではないかと、思われます」

と、兵庫県警の警部が、いった。

「彼女が、旅館にいる時ですが、犯人の男から、電話があったんでしょうか？」

十津川が、きくと、警部は、

「その点は、こちらでも、旅館の従業員にきいたりしているのですが、例のボヤ騒ぎの時、取り上げたあと、戻してやった携帯を使って、彼女が、誰かと、話をしていたのは、従業員に、目撃されています。ですから、犯人の男から、何らかの連絡があったと、思ったほうがいいと、私は、考えています」

十津川は、すぐ刑事たちを集めて、兵庫県警からの電話のことを、知らせた。

どうやら、岡村美由紀は、山陰から、東京に帰ってきたと、思われる。彼女が、東京に、帰ってきているとすれば、森田誠二が、明日、大井競馬場に行く可能性が、高くなったということになる。

「つまり、二人で、競馬を見に行くということですか？」

「そうだ。森田誠二が、今回の事件の犯人ならば、かなりの金額の金が、彼のふところに、入ったことになる。そう考えれば、彼が、大井競馬場に行く可能性が、増えるはずだよ」

と、十津川は、いった。

翌日の土曜日は、朝から快晴だった。

十津川は、二十人の刑事を動員した。その全員に、森田誠二の写真と、岡村美由紀の写真を持たせて、大井競馬場に、向かわせた。

シロイッセンという馬が、出走するのは、午後三時出走予定の、第十レースである。

十津川は、午前中から、大井競馬場に向かった。

6

美由紀は、横浜のホテルで、目を覚ました。

彼女は、香住の旅館に泊まっている時、あの男から、電話をもらった。そのあと、男の指示で、昨夜遅く、横浜に帰ってきて、指示されたホテルに、チェックインしたのである。

ホテルに入って、フロントで、男がいった、田中という偽名を、告げると、フロント係が、男から、預かっているという小さなボストンバッグを、美由紀に、渡した。

部屋に入って調べると、そのボストンバッグの中には、百万円の札束が、入った封筒と、もう一つ、小さな箱が、入っていた。

時間は、午前八時を少し過ぎている。

起き上がって、洗面所で、顔を洗っていると、男から、電話が入った。

「金は、受け取ったか？」

と、男が、きく。

「ええ、昨夜、このホテルに、着いてすぐ、フロントで、受け取ったわ。それから、私の欲しかった腕時計、どうもありがとう。嬉《うれ》しかったわ」

「あれは、安物だ」

男は、照れたように、わざと乱暴にいう。

「今日は、どうするの」

美由紀が、きいた。

「お前さんには、大井競馬場に、行ってもらいたい。大井競馬場、分かるね？」

「ええ、一度、行ったことがあるわ」

「そのホテルをチェックアウトしたら、まっすぐ、大井競馬場に行ってくれ」

「あなたも、大井競馬場に、来るんでしょうね？」

「行きたいとは、思っているが、行けるかどうかは、分からない。刑事が、張り込んでいれば、危険だからな」

「競馬が、好きなのね」

「競馬が、好きというよりも、馬が好きなんだ。今日、第十レースに、出走するシロイッセンという馬がいるんだが、その馬が気に入っているんだ。俺が大井に、行けなくても、そのシロイッセンの馬券を、買ってくれ」

と、男が、いった。

美由紀は、電話が済むと、食堂に行って、バイキング料理の、朝食を食べた。

その後、百万円と、腕時計を、ボストンバッグから出して、白いシャネルのハンドバッグに入れ替えてから、美由紀は、ホテルを、チェックアウトした。

ホテルの前から、タクシーを拾って、大井競馬場に、向かった。

美由紀自身は、特に、競馬が好きというわけではない。何年か前、客と一緒に、一回だけ大井競馬場に、行ったことがある。それだけである。

昼少し前に、大井競馬場に着いた。

今日は、天気がいいのと、土曜日ということもあってか、競馬場には、かなりの人が、詰めかけていた。

競馬専門紙を、買って広げてみると、確かに、今日の、第十レースに、シロイッセンという馬の名前が、書いてあった。

(あの人は、この馬が、好きなんだろうか?)

美由紀は、男の顔を、思い浮かべながら、不思議な気持ちだった。

その馬を見るために、危険を冒してまで競馬場に来たいと、男は、いっていた。

それほど、馬というのは、男にとって、いや、あの男にとって、魅力が、あるのだろうか？

すでに、何レースか、終わっている。

美由紀は別に、馬券を、買おうという気持ちはないから、ゆっくりと、競馬場の中を歩いてみた。

あの男が、すでに、ここに来ていれば、男のほうから、声をかけてくるだろう。

そんな期待を、美由紀は、持っていた。

美由紀は、歩きながら、場内の様子を、見回していた。

その足が、ふと止まった。

双眼鏡で、こちらを、見ている男が、目に入ったからだった。

男が、二人並んでいる。その片方が、双眼鏡で、美由紀のほうを、見ているのだ。

その時、美由紀の携帯が、鳴った。

美由紀は、その場に、しゃがみ込んでから、携帯を、耳に当てた。

「もしもし」

と、いうと、男が、

「今どこだ？」

と、いった。

「大井競馬場」

「刑事が、来ている気配は、あるか？」

男が、きいた。

「今、男が二人、並んで、立っていて、その片方が、双眼鏡で、私のことを、じっと見ていたわ。もしかすると、あの二人は、刑事かも、知れない」

と、美由紀が、いった。

「そうだ。たぶん、その二人は、刑事だろう。間違いない」

男が、いった。

「ここには、あなたは、来ないほうがいいわ。危ないわ。どこか、別のところで、会いましょうよ」

美由紀が、いった。

「お前は、午後の第十レースまで、そこにいてくれ。俺の好きな、シロイッセンの馬券を買って欲しいんだよ」

「そんなことは、簡単だわ」

美由紀が、いった。

昼を過ぎたので、美由紀は、競馬場の中の食堂に入っていき、そこで、昼食をとることにした。

わざと食堂の隅に、腰を下ろして、時々、食堂全体に、目をやった。

食堂の入口のところに、男が二人、体を隠すように立って、こちらを見ている。

さっきの二人とは、別の男たちだった。

その片方に、美由紀は、見覚えがあった。

以前、東京と城崎で、自分のことを、訊問《じんもん》した、確か、亀井という名前の、中年の刑事だったはずである。今日は、その亀井が、若い刑事と二人で、食堂の中を、じっと、見張っている感じだった。

また携帯が鳴った。

美由紀は、携帯を、バッグから出して、食事をしながら、男と話をした。

「今、食堂で少し遅い、昼食を食べているところ。食堂の外にも、刑事らしいのが、二人いて、さっきからずっと、こっちを、見ているわ。一人は、前に私を、訊問したことのある亀井という刑事よ」

7

十津川は、競馬場全体が、見渡せる貴賓室《きひんしつ》を借りて、そこにいた。競馬場内に、散らばっている刑事たちから、時々、報告の、電話が入ってくる。

最初に電話をしてきたのは、西本と日下《くさか》の二人だった。

「岡村美由紀を、発見しました」

「美由紀の様子は、どうだ？」

「サングラスをかけ、白のシャネルの、バッグを手に提《さ》げています。さっき、急に姿が見えなくなったので、どうしたのかと、思っていましたが、しゃがんで、携帯電話で、誰かと話をしていたようです。現在、美由紀は、食堂にいます」

と、西本が、いった。

その食堂の外から、若い刑事と一緒の亀井が、電話をしてきた。

「今、岡村美由紀は、食堂で、昼食をとっています。私たちは、食堂の外にいるのですが、どうやら、見られたようです」

「そこでも、彼女は、一人でいるんだな？」

「そうです。ついさっき、携帯を、かけていました。もちろん、話の内容は分かりませんが、何となく、嬉しそうな、感じでしたよ」

と、亀井が、いった。

「嬉しそうだったか。そうすると、男が、あとから来ることになって、いるのかも知れないな」

十津川は、大型の、双眼鏡を手に取って、貴賓室の窓から競馬場全体を、見渡した。

あの犯人の男、森田誠二が、ここに来ているかどうかは、分からない。

しかし、岡村美由紀が、香住から、戻ってきて、この大井競馬場に、いるということを考えると、美由紀は、犯人の森田とずっと連絡を取り合っているのだろう。

そして、今日は、森田が好きだというシロイッセンという馬が、第十レースに出走することになっている。

その第十レースが、近づくと、男からまた、美由紀の携帯に、連絡が入った。

「俺も今、こっちで、テレビを見ているんだが、第十レースの、シロイッセンのオッズだけどね。単勝で八・五倍、これ、間違いないね？」

「ええ、間違いないわ。今、ちゃんと、見ているから」

「それから、馬番の連勝複式は最小オッズで十二・五倍、これも間違いないな？」

「ええ、その通りだけど、あなたは今、どこで、テレビを見ているの？」

美由紀が、きいた。

「それは秘密だが、テレビ神奈川が、今日の大井競馬場の、レースを、全部放送しているんだよ。今のままの、オッズだったら、シロイッセンを単勝で、十万買っておいてくれ。それから連複で十万。これも、頼む」

と、男が、いった。

「連複というのは、二着までに、入ればいいんでしょう？」

「ああ、そうだ」

「ここに来て、シロイッセンの評判をきくと、どう見ても、二着までには、入りそうもないわよ。それでも、買うの？」

「ああ、買うんだ。競馬は、ロマンなんだよ。俺にとっては、シロイッセンが、この馬場を、走るだけでいいんだ」

8

「岡村美由紀ですが、今、馬券売場に、来ています。どうやら、シロイッセンの、馬券を、単勝で十万円、連複でも、十万円買ったようです」

西本が、十津川に、報告してきた。

「彼女の周辺に、森田誠二の姿は、見当たらないか？」

「しっかり、見ているつもりですが、おりませんね。ここには、来ていないんじゃありませんか？」

と、日下が、いった。

「しかし、岡村美由紀が、一人で、勝手に競馬場に来て、馬券を、買うはずはないんだから、おそらく、犯人が、携帯で指示をして、彼女に、シロイッセンの単勝と、連複の馬券を、買わせているんだ」

と、十津川は、いってから、

「今日の、大井競馬の放送をしているところは、あるのか？」

「確か、テレビ神奈川が、放送しているはずです」

と、西本が、いった。

「第十レースが、終わったら、その後、どうしますか？」

次に、亀井が、電話してきた。

「今の状況では、犯人の森田は、この大井競馬場には、現れないと、見ていいだろう。そうなると、問題は、岡村美由紀の行動ということになる。もし、彼女が、第十レースが終わって、競馬場から帰ることになれば、尾行をつけて、絶対に撒《ま》かれないように、注意してくれ」

十津川は、亀井に、いった。

同じことを、十津川は、今日、大井競馬場に来ている刑事全員に、告げた。

美由紀は、男から指示されるままに、買った馬券、二十万円分を、シャネルのバッグに入れ、男からかかってきた携帯を、耳に当てたまま、第十レースを、観戦することにした。

男も、どこかで、テレビを観ているらしく、出走と同時に、男の叫びが、美由紀の耳に響いてきた。

「そうだ、いいぞ！　いいぞ！　そのまま、逃げろ、逃げろ！」

男が、叫んでいる。

その男の叫び声が、耳に当てた携帯から、ビンビン、響いてくる。自然と、美由紀も、興奮して、第十レースを、見つめていた。

問題のシロイッセンは、スタートと同時に先頭に立ち、一時は、五、六馬身も、ほかの馬を引き離して、いたのだが、やはり、実力がないのか、直線に、かかると、いつの間にか、ほかの馬群に、飲み込まれてしまい、終わった時は、五着に、なっていた。

もちろん連複にも入らず、三着までの複勝にすら入っていない。

「駄目だったわ。残念」

美由紀が、いうと、男は、

「これでいいんだ。よくやった。誉《ほ》めてやりたいよ」

男は、満足そうに、電話の向こうで、弾《はず》んだ声を出した。

「これから、私は、どうしたらいいの？」

「たぶん、お前さんには、刑事たちの、尾行がつくだろう。だから、お前さんはそのまま、新宿に出て、西口にあるホテルSに、入れ。今から行けば、ホテルには、午後五時頃には入れるはずだ。その時間になったら、こちらから、携帯にまた連絡する」

男は、いった。

「会いたくて、仕方が、ないんだけど、今日は、もう会えないの？」

美由紀が、きいた。

「それは、俺にきくよりも、刑事にきいたほうが早いな」

男は、電話の向こうで笑ってから、

「電話だけじゃ寂しいけど、仕方がない。夜になったら、また、電話をするよ」

と、いった。

第十レースが終わると、美由紀は、腰を上げ、競馬場の出口に、向かって、歩いていった。

刑事の尾行が、つく。

美由紀がタクシーを拾うと、覆面パトカーが、そのタクシーを、つけてきた。

十津川と亀井も、別のパトカーで、その後に続いた。

十津川の携帯に、美由紀のタクシーを、追っている覆面パトカーから、連絡が入る。

「今、新宿の西口に、来ています。彼女は、西口にある、高層ホテルSにチェックインするもようです」

と、西本が、いった。

「そのホテルに入ったとしたら、正確な部屋番号も調べてくれ」

と、十津川が、いった。

午後五時過ぎには、美由紀は、問題の超高層ホテルSに、チェックインした。部屋番号は、三十三階の、三三一五号室、シングルでキングサイズのベッドの部屋である。

十津川は、念のために、そのホテルSに、行き、フロントで森田誠二の写真を見せて、

「もしかすると、この男が、ここに、泊まっていませんかね？」

と、きいてみた。

ひょっとすると、前もって、このホテルに泊まっていて、後からやって来た、岡村美由紀と、ホテルの中で、落ち合うかも知れないと思ったからだったが、フロント係の返事は、

「この写真のお客様は、こちらには、お泊まりになっておりません」

というものだった。

9

大井競馬場では、残念ながら、犯人を逮捕できなかったが、十津川と亀井は、翌々日の月曜日、中央自動車に行き、問題の重役、本橋と会った。

本橋は、警察庁にいる時、警視だった。

十津川よりも、階級が上である。ということは、警察では、キャリア組ということである。

しかし、今は、違う。

十津川は、警視庁捜査一課の警部であり、同行した亀井も、刑事である。

本橋のほうは、中央自動車の一応、重役だが、しかし、総会屋対策のために急遽《きゅうきょ》、雇われた、重役でもある。

「今、中央自動車では、今年発表された、スポーツタイプの新車が、何件か続けて、事故を起こしたので、そのことで、民事裁判に巻き込まれているようですね」

十津川が、いうと、本橋は、渋面《じゅうめん》を作って、

「それで困っているんだ。しかし、民事裁判だから、君たちには、関係がないだろ

と、いった。

「しかし、問題の民事裁判で、原告側の弁護団の団長の、中西武彦という弁護士と、奥さんが、天橋立に行く特急『文殊一号』の中で、殺されています。犯人は、この夫妻が、腰かけていた座席ごと、プラスチック爆弾で吹き飛ばしたんですが、この事件については、もちろん、ご存じですよね？」

十津川が、きいた。

「もちろん、知っているよ。民事裁判で、会社と争っている弁護団の、団長だからね」

「この件については、どういう、感想をお持ちですか？　裁判を争っている相手だから、いい気味だと、思われましたか？」

十津川は、わざと相手を、挑発するような、いい方をした。

案の定、本橋は、眉を寄せて、

「私はね、そんなバカなことは、考えない。今度の民事裁判では、事実だけが、問題だと思っているからね」

「ところで、この男を、ご存じですか？」

十津川は、森田誠二の顔写真を、相手の前に置いた。

「何者かね、この男は？」

「今申し上げた、中西弁護士夫妻を殺したと思われる犯人です」

「そんな人間を、私は知らんよ」

「本当に、ご存じありませんか？」

「しつこい男だね、どうして、私が、こんな男を、知っていなくてはいけないんだ。知っているわけが、ないだろう」

「この男は、元自衛隊の爆発物処理班にいた男で、プラスチック爆弾の、専門家でもあるんです。女性問題で、自衛隊を辞めたあとは、暴力団の間を、転々としていました。暴力団としては、プラスチック爆弾で、一気に爆殺してしまうような男とは、組みたくないという気持ちがあったからでしょう。最後に、この男がいたのは、東京の、K組です。確か、本橋さんも、このK組とは、親しいんじゃありませんか？」

「私はね、東京の、K組とは、今は何の関係もないよ。今、私は、これでも、中央自動車の重役なんだ」

「しかし、本橋さんがいるところは、中央自動車の、総会屋対策のセクションでしょう？　そういうことを、きいたのですが、違いますか？」

「違うよ」

「おかしいな。本橋さんは、総会屋対策の担当重役で、以前、大物の、総会屋と中央自動車が争ったとき、あなたが、その仲介に、暴力団のK組の組長を、使ったという、そういう話を、きいたんですが、これも、デタラメですか？　確か、新聞にも、載っていたと思うのですが」

　と、十津川が、いった。

「あれはね、根も葉もない、デタラメ記事だよ」

「民事裁判の話に、戻りましょう。殺された、中西さんという弁護士ですが、天橋立で、中央自動車の問題の車が、事故を起こしていて、運転していた五十歳の男が、死んでしまった。その奥さんが、車の、専門家に頼んで、事故を起こした車を、調べ直してもらった。死んだ五十歳の男ですが、無茶な運転は、しないので有名で、二十歳で、免許を取ってからというもの、三十年間、無事故無違反を、通しているんです。こうした男が、無謀運転など、するわけがないから、今回の、事故の原因は、車そのものの、欠陥ではなかったか？　そう思って、中西弁護士は、天橋立の、事故について調べに行った。車の専門家に会いに行ったんです」

「それが、どうかしたのかね？」

「もし、その専門家の意見や、事故車を調べた時の、レポートが明るみに出れば、中央自動車側には、不利なことになりますね？」

「持って回ったような、いい方をするが、まるで、君は、われわれ、中央自動車側が、中西弁護士を、殺したようないい方をするじゃないか？　証拠もなしに、そんなことをいうと、私は、君たちを、名誉毀損《きそん》で告訴するよ」

脅《おど》かすように、本橋が、いった。

「私たちは、中西弁護士夫妻を殺した男を、追っているんですよ。その容疑者が、この写真の男、自衛隊出身の森田誠二です。もし、本橋さんが、どこかで、この男を見かけたら、私たちに、ぜひ、連絡していただけませんか？」

十津川が、いった。

本橋は、苦り切った顔になって、

「私はね、警察を、とうに、辞めた人間なんだよ。どうして、一個人の私が、警察に協力しなければ、ならんのかね？」

「いや、協力はしていただかなくても、結構なんです。偶然にでも、この男にお会いになったら、電話をください。それを、お願いしているだけですから」

わざと、十津川はくどくいって、立ち上がった。

（こうして、圧力をかけておけば、どこかで、この本橋という重役も、シッポを、出すのではないだろうか？）

十津川の狙いは、それだった。

第六章　最後の殺人

1

中央自動車の本橋取締役から、十津川に、電話が入った。

「ぜひ、十津川さんに、私と会ってもらいたい」

と、本橋が、いった。

「私と取り引きしたいというのなら、お断りしますよ」

十津川が、釘《くぎ》を刺すように、いうと、

「いや、取り引きなんかではなくて、十津川さんに、話をきいてもらえればいいんです」

本橋が、神妙にいう。

本橋が、夕食を料亭でというのを断って、十津川は、捜査本部近くの喫茶店で、会うことにした。

本橋は、先に来て、待っていた。

店の中に客の姿は少なかった。それでも、本橋は、最初のうち、店の中のことを、気にしているのか、なかなかしゃべろうとはしなかったが、途中から、十津川に、顔を近づけるようにして、話し始めた。

「お互いに、正直に、話そうじゃありませんか?」

「いいですね。そっちも、正直に話してもらいたいですね」

と、十津川は、応じた。

「正直なところ、警察だって、森田誠二が見つからなくて、困っているんじゃないんですかね? このままで行くと、ヤツはまた、プラスチック爆弾を使って、人を殺しますよ」

「おや、本橋さん、あなたは森田誠二を知らない、とおっしゃったんではなかったですか？　ま、それはいいとしましょう。あなたには、森田の行方は、分かっているんですか？」

「今は、分かっていませんがね。少なくとも、警察よりは、見つけやすい立場にいる。それだけは、いえますよ」

「それで、そちらの要求は、いったい、何なのですか？」

「そちらから強い要望があれば、何とか、森田を見つけ出せますよ」

「つまり、警察に、協力する。そういうわけですか？」

「私も、一応、地位のある人間でしてね。やたらに、警察に協力するというわけにも、いかんのですよ。それに、ほかの仕事もある。だから、もし、私が、森田誠二を見つけ出して、警察に通報したら、それ相応の対応は、していただきたいのですよ」

「捜査協力をしてくれた民間人には、お礼をすることにはなっていますよ」

「どうでしょうかね、もし、私が、森田誠二の行方を見つけ出し、それを警察に通報して、めでたく、彼が逮捕される。そうなると、歴史に残る殺人事件の解決に、協力したことになりますから、こちらが、要求するような、報酬を、いただくわけにはいきませんかね？」

「ずいぶん、持って回ったような、いい方をされているが、本音《ほんね》は、何なんですか?」

「今、私が働いている中央自動車は、裁判中です」

「ええ、知っていますよ。中央自動車の製造した、スポーツタイプの乗用車が起こした、自動車事故で、ユーザーから、訴えられているんでしたね?」

「その裁判ですが、われわれは、ここに来て、あらぬ疑いを、かけられているんですよ。疑いをかけているのは、あなたがた、警察でしてね。ユーザー側の弁護士が、天橋立《あまのはしだて》行きの、特急列車の中で殺された。それをあたかも、中央自動車が企《たくら》んだように、警察は、疑っておられる。現在、裁判中なので、警察に疑われるというだけでも、われわれには、不利に働いてしまうのです。もし、それを止めていただけるのであれば、私も森田誠二の発見に、全力を、尽くしますよ」

「つまり、それが、取り引きというわけですか?」

「警察にとっては、何の、マイナスにもならないことじゃありませんか? 警察は、中央自動車が、どうなっても、別に、関係ないでしょう? 今、警察が第一になすべきことは、連続殺人犯を見つけて、逮捕することでしょう? それに、私たちが協力する。警察にとっては、プラスの面しか、ないんじゃありませんか?」

「あなたが、森田を見つけることが、できるという確信の根拠は、いったい、何なんですか？」

「別に、理由なんかありませんよ。市民の義務として、警察に協力したい。それだけですよ。とにかく、私が、見つけて連絡したら、中央自動車に対する、あらぬ疑いは、解いていただきたい。それだけを、お願いしているわけで、ほかには、何の要求もするつもりは、ないんですよ」

本橋が、熱心にいうのだ。

「いつまでに、森田を見つけられるんですか？」

と、十津川が、きいた。

「全力を、尽くせば、一週間以内に、見つけられると思いますよ。私は、十津川さんも、ご存じのように、かつて、警察にいたことがありましてね。十津川さんの、いわば、先輩です。その時の経験から、一週間以内、と申し上げているんです」

と、本橋が、いった。

「それでは、あなたが森田誠二を見つけ出した時点で、改めて、話をきこうじゃありませんか？」

十津川は、そういって、腰を上げた。

2

その日の捜査会議で、十津川は、中央自動車の、本橋取締役と、話をしたことと、その話の内容を、上司の三上刑事部長や、部下の刑事たちに伝えた。

「まさか、君は、その本橋取締役と、取り引きするつもりじゃないだろうね？」

捜査本部長の、三上部長が、きく。

「取り引きはしないと、強くいっておきました」

「今になって急に、本橋取締役が、君に、話を持ちかけてきたのは、なぜなんだろう？」

「おそらく、このままの、状態では、肝心の裁判に、負けてしまうかも知れない。その不安から、話を持ち込んできたんだと、思っています」

「中央自動車が、裁判中の欠陥車問題は、天橋立に、原告に有利な証人がいるというので、弁護団の団長が、会いに行こうとしていた。そして、その団長が、特急列車の中で、爆殺された」

「その通りです」

「それで、現在、原告側に、有利な証人というのは、どうなっているんだ？」

三上が、きいた。

「特急列車の中で、中西弁護士が殺されるまでは、原告側に、有利な証言をすると、いっていたそうですが、中西弁護士が、殺された後は、裁判での証言を、拒否しているそうです」

「つまり、怖がらすことに、成功したというわけだな？」

「そうです」

「それなのに、どうして、本橋取締役は、君に、会いたいといってきたんだ？」

「われわれが、犯人と思われる森田誠二を逮捕して、その口から、中央自動車から頼まれて、中西弁護士を、殺した。そう証言されることが、怖いんじゃありませんか？」

「それで、本橋取締役は、どんな取り引きをしたいと、申し入れてきたんだ？」

「本橋は、警察に協力して、森田誠二の居所を、われわれに、知らせる。そのかわり警察が、森田を逮捕した場合、その自白の中から、中央自動車に関する項目は、削除する。おそらく、そういう取り引きを、希望しているんじゃないかと、思いますね」

「君は今日、本橋取締役と、話をして、どんな結論になったんだ？」

「取り引きは、しません。拒否しました。ただし、もし、本橋取締役が森田の居場所を知っているなら、警察に、教えなさい。そういっておきました」

「ということは、本橋が、今でも、森田誠二と連絡を、取り合っていると、君は思っているのかね？」

三上が、きいた。

「それは、分かりません。しかし、間違いなく、中央自動車は、森田に金を払って、中西弁護士を、殺させているはずです。いくら払ったのかは分かりませんが、その取り引きをしている時は、本橋は、森田と関係があったわけです。その後、殺しが成功したので、今は、もう関係を、結んでいないのか、あるいは、今も、関係を持っているのか、そこのところは分かりません。ただ、本橋が担当している裁判は、続いているわけですから、万一に備えて、彼が犯人の森田と連絡を取り合っていることは、十分に、考えられるのです」

と、十津川が、いった。

「これから、本橋取締役は、どう出てくると、君は推測するね？」

三上が、いった。

「二つ考えられます。一つは、何とかして、警察と、取り引きしようと考える。森田誠二の行方を探し出して、彼の逮捕を、警察に求めてくるということです。もう一つは、私が、取り引きはしないといいましたから、森田の口を封じるより仕方がない。そう考え、森田を探し出して、先手を打って、彼を殺してしまうことです」

「森田誠二は、今までに、何人の人間を、殺しているんだ？」

「森田が、金を受け取って殺した人間は、今いった弁護士の中西武彦夫妻、ＩＴ産業の社長、川野健太郎、そして、三件目は、Ｓ大教授の北村喜一郎です。この北村喜一郎が殺された時、巻き添えを食って、旅館の運転手が、殺されており、巣鴨の飲み屋のママも加えると、全部で六人になります」

「それでは、少なくとも、三件の殺人について、森田は、依頼人から大金を貰っているわけだろう？　つまり、それだけの、依頼主がいるということは、殺し屋として、森田誠二が、信頼されているということに、なるんじゃないのかね？」

「そうですね。確かに、部長のおっしゃる通り、信頼されているので、三件の殺人を、依頼主が、森田に頼んだんだと思います」

「どうして、森田が、そんなに信頼されているのか、君の意見は、どうなんだ？」

「おそらく、口が堅いということが、第一だと思います。もし、森田が捕まっても、絶対に依頼主のことは、しゃべらないだろう。そういう信頼があるからこそ、三件の殺人を、依頼されたのだろうと、私は思っています」

「それでは、われわれが、森田誠二を逮捕しても、三件の殺人について、依頼主の名前は、いわないいんじゃないのかね？」

「ええ、おそらく、証言を、拒否するでしょうね。しかし、私は、三件の殺人事件について、徹底的に捜査を実行し、犯人の森田が証言しなくても、真相を、明らかにするつもりでいます」

「本橋取締役は、森田誠二の口が堅いのを信頼して、殺人を依頼したのだろうが、ここに来て、われわれ警察の追及が厳しければ、森田が、すべてをしゃべってしまうかも、知れない。それが怖くなったので、君に取り引きを、申し入れてきた。そんなところかな？」

三上が、いうと、十津川は、うなずいて、

「おそらく、そんなところだろうと、思いますね。ですから、先ほど、部長の質問に答えて、二つの考えがあると、申し上げたんです。一つは、本橋が森田の居所を警察に伝えて、逮捕させる。しかし、森田は口が堅いから、中央自動車の件に関しては、しゃべらないだろうと、安心している。もう一つは、やはり不安なので、森田の口を封じてしまう。そういう二つの考えがあると、私は申し上げたのです」

3

一週間後、中央自動車の本橋から、また電話が入った。

十津川は、今回も、捜査本部近くの喫茶店で、本橋に、会うことにした。

本橋は、十津川と顔を合わせると、いきなり、

「森田誠二は、間もなく、次の殺人をやりますよ」

と、いった。

「どうして、そんなことを、知っているんですか？」

「それは、いえませんがね。間違いのない話ですよ。このことを、警察は知っていましたか？ いや、知っていなかったはずだ。そうでしょう？」

少しばかり、勝ち誇ったような顔で、本橋が、いった。十津川が、黙っていると、

「もし、次の殺人が、実行されたら、警察は、社会から非難されるんじゃありませんか？ これまでに、三件もの殺人事件が、起きている。犯人も分かっている。それなのに、四件目の殺人を、阻止することができなかった。そうなったら、十津川

さんたちは、めちゃくちゃに、非難されると思いますよ」

「それをいうために、今日、私を呼んだんですか？」

と、十津川が、きいた。

「一週間以内に、誰かが、また殺されるんですよ。警察は、私に協力を求めたほうが、いいんじゃありませんか？　そうすれば、次の殺人を、防げるんですよ」

と、本橋が、いった。

「つまり、警察が、あなたに協力を求める。そうしたらどうかと、いっているわけですね？」

「二日前でしたか、週刊Mが、今回の一連の連続殺人事件について、特集を組みましたよね？　プラスチック爆弾を使って、派手に殺しを、やっているのに、警察は、犯人を逮捕することができないと、書いてありましたよ。これは、私の勝手な想像ですけどね、警察は、いまだに、犯人の足取りを、つかめていないんじゃありませんか？　このままでいけば、間違いなく一週間以内に、第四の殺人が起きますよ。そんなことにでもなったら、警察の上層部は、責任を、取らざるを得ないんじゃありませんか？　どうですか、強がりをいわずに、私と取り引きを、しませんか？」

「先日も、いいましたがね。警察は、あなただけではなく、誰とも、取り引きはしないんですよ」

十津川が、いうと、本橋は、大きく肩をすくめて、

「どうして、そう、日本の警察は、融通が利かないんですか？　アメリカの警察だったら、簡単に司法取り引きをするじゃありませんか？」

本橋は、たたみかけるように、続けて、

「警察の第一の使命は、いったい何だと、十津川さんは、思いますか？　犯人を逮捕することでしょう？　そして、殺人を、未然に防ぐ。それが、警察の使命なんじゃありませんか？　そのためならば、妥協だって、したほうがいいんじゃありませんか？　今回の件に関していえば、十津川さん、あなたが、代表する警察の頑《かたく》なな態度のために、一週間以内に、人が一人殺されてしまうんですよ。それでもいいんですか」

「あなたは、本当に、森田誠二の居所を知っているんですか？　それとも、ハッタリでいっているんですか？」

今度は、十津川がきいた。

「十津川さんは、どう思っているんですか？　私が、ハッタリで、いっているのか、それとも、本当のことを、いっているのか、どちらか、分かるんですか？」

からかうような目で、本橋は、十津川を見た。

十津川は、じっと、本橋の顔を見返した。自信満々のようにも、見えるし、おびえているようにも見える。十津川は、その、おびえて見えるところに、注目した。

ただ単に、自信満々な、態度だったのならば、取り引きをするために、嘘《うそ》をついているのではないのかと思うのだが、おびえも見える彼の表情から、逆に、本当のことをいっているように、考えられたのだ。

一刻も早く、警察と取り引きをしたい。そう思って焦《あせ》っている感じを、十津川は、読み取ったのである。

「確か、警視庁捜査一課で、今回の連続殺人事件を指揮している、捜査本部長は、三上刑事部長じゃないんですか？」

間を置いて、本橋が、きいた。

「それが、どうかしたんですか？」

「これから、お帰りになったら、その、三上部長と、じっくり、話し合ってもらえませんか？」

「何を話し合うのですか？」

十津川は、わざと、きいてみた。

「今、私がいったでしょう？　今回のような事件では、とにかく、一刻も早く、犯人を逮捕すること、それが、第一の目的じゃありませんか？　多少の取り引きをしても、そのためには仕方がない。私は、そう思っているから、こうしてお会いして、こちらから、条件を提示しているんですよ。だから、お帰りになったら、三上部長と相談して、欲しいんですよ。その結果をお待ちしていますよ」

と、本橋は、いった。

4

捜査本部に戻ると、十津川は、三上部長に、本橋の提案を、そのまま伝えた。

「まさか君は、本橋という男と、取り引きをしてきたんじゃあるまいね？」

三上刑事部長が、眉《まゆ》を寄せて、きく。

「そんなことは、一切しておりません。ただ、本橋取締役は、どうしても、三上部長と、相談してみて欲しい。そう主張しましたので、こうやって、お伝えしているだけです」

十津川は、繰り返した。

「ところで、その本橋という男だが、本当に、森田誠二と連絡が取れていると、君は、思うかね？」

「私は、本橋の表情を、見ていましたが、どうやら、森田と連絡が取れているか、あるいは、現在、森田がどこにいるのかを知っているように思えました」

「その上で、本橋は、一週間以内に、犯人の森田が、四件目の殺人を、犯すといったんだね？」

「その通りです」

「その本橋の言葉は、信用できると思うかね？」

「今も申し上げたように、本橋が、森田誠二と、連絡が取れているか、彼の居場所を知っていることは、まず、間違いないと思うのです。森田が、一週間以内に四件目の殺人を犯すことは、十分、予測できると思っています」

「こちらの捜査の状況は、どうなっているんだ？　一週間以内に、森田を逮捕できそうなのかね？」

「残念ながら、一週間以内に、犯人の森田を逮捕できる自信は、持てずにおります。森田の居場所も、まったく分かっておりません」

と、十津川は、いった。

「森田には、女がいたね？」

「ええ、岡村美由紀という、小さなバーのママですが」

「その女の居場所は、分かっているのかね？」

「ええ、女には、尾行をつけていますから、女の動きは、完全に、掌握《しょうあく》しておりま す。現在、新宿のホテルSに入っていて、そこからは、まだ、動いていません」

と、十津川は、いった。

「森田という犯人は、殺人を、犯す前に、気に入った女と一夜を共にする。そういう話をきいているが、これも、間違いないのかね？」

「今までのところ、部長がいわれたような行動を、森田は取っております」

「そうすると、一週間以内に、森田は、第四の殺人に走る。しかし、その前に、岡村美由紀という女と一夜を、共にすることも、間違いないと思うかね？　それとも、今回に限っては、そうした、行動を取らないと、考えるかね？」

三上は、きいた。

「それも断定はできませんが、今までの、森田の行動を見ていますと、殺人を実行する前に、気に入った女と、一夜を共にするのは、どうやら、この男にとって、ジンクスのようなものだと、思われます。ですから、自分の気持ちを、落ち着かせるために、今回も、岡村美由紀と、実行の前に寝るのではないか、と考えています」

「それが当たっていれば、岡村美由紀という女を、見張っていれば、森田を逮捕することができる。そういう可能性もあるというわけだね？」

「今は、そのことに、賭《か》けているといっても、いい状態です。幸いなことに、岡村美由紀の行動は、分かっていますし、二十四時間監視していますから、うまく行けば、森田を逮捕することができるかも知れません」

十津川は、三上に、いった。

「本橋という中央自動車の重役の話に戻るのだが」

改めて、三上が、きいた。

「中央自動車の件というと、天橋立に向かう特急『文殊《もんじゅ》一号』の中で、中西という弁護士が殺された件だったね？」

「その通りです」

「あの殺人事件は、警視庁の管轄ではない。京都府警の管轄だろう？」

「そうです。確かに、京都府警の管轄ですが、東京で起きた殺人事件と、絡むので、合同捜査になっております」

「警視庁の管轄ではない。これは、間違いないね？」

三上が、念を押すように、いった。

「確かに、主導権は、京都府警が持っています」

十津川は、いった。

三上部長が、何をいいたいのかは、十津川には、すぐに分かった。

「どうだろう」

と、三上が、十津川を見た。

「何のことでしょうか？」

わざとしらばっくれて、十津川は、きき返した。

「本橋は、取り引きを、申し込んできたんだろう？　犯人の森田の居場所を教えるか、あるいは森田を引き渡す。その代わりに、犯人を逮捕した後、中央自動車のことに関しては、すべて忘れて欲しいと、こういうわけだろう？」

「そうです」

「だから、どうだろうと、きいているんだよ。元々、『文殊一号』の事件は、京都府警が捜査している。警視庁が捜査することではないんだ」

「でも、合同捜査になっています」

「しかし、逮捕をするのは、あくまでも、京都府警の問題だ。だから、本橋という重役が、中央自動車の件に関しては、忘れて欲しい。そういってきているのなら、それはそれで、ＯＫしても、構わないんじゃないのかね？　この件は、元々、京都府警の、捜査なんだからね」

三上が、いった。

「しかし、合同捜査ですし、京都府警に代わって、われわれが、本橋に対して、取り引きをすると、約束をすることはできませんよ。京都府警だって、もちろん、本橋と、取り引きはしないでしょうし、あくまでも、天橋立行きの特急列車の中での、殺人事件について、すべて、解決しようと考えるでしょうから」

「だから、いっているじゃないか。取り引きを申し入れてきても、取り引きをすると、いわなければいいんだ。中央自動車の件については、警視庁としては、捜査をしないといえばいいんじゃないのか？　それなら、嘘をいっていることには、ならないし、そういっておいてだね、次の殺人事件が、起きる前に、森田を逮捕できれば、それこそ、万々歳じゃないのかね？」

と、三上が、いった。

「部長は、本橋という、中央自動車の重役を騙《だま》せとおっしゃるのですか？」

十津川が、抗議すると、三上は、笑って、

「そんなことは、いっていないだろう。本橋という重役が、勝手に、取り引きを君に申し込んできたんだ。だから、君は、取り引きをするとも、しないともいわずに、中央自動車の件については、警視庁は考えることをしないとか、曖昧《あいまい》ないい方を、すればいいんじゃないのかね？　向こうが勝手に、取り引きが成立したと解釈して、犯人の居所を、こちらに、教えるんじゃないのか？　いいかね、事件には、プラスチック爆弾が使われているから、犯人は、狙《ねら》った人間だけを殺せずに、周《まわ》りの人間まで巻き添えにして、殺してしまっているんだ。週刊誌にも書かれたのを、君だって、読んでいるんだろう？　立て続けに三件も、殺人事件が起きているのに、警察は、いったい、何をやっているんだと、手厳しい記事が、書かれていたじゃないか？　次の殺人事件を、防げなかったら、警察は、間違いなく非難の矢面《やおもて》に、立たされることになる。私は、それだけは、どうしても、防ぎたいんだよ。先日、総監からきかれたので、私は、絶対に第四の殺人事件は、起こさせません。その前に必ず、犯人を、逮捕します。そう約束してしまっているんだからね。そのことも、考えて欲しいね」

三上は、十津川の顔を見ながら、いった。

5

「カメさんの、意見をききたい」

十津川は、亀井刑事に、いった。

「中央自動車の本橋重役が、取り引きを申し入れてきた件ですか？」

「ああ、そうだ。私は、取り引きは絶対にしないと、本橋にいったのだが、今、三上部長に、呼ばれてね」

十津川は、亀井に、三上刑事部長の言葉を伝えた。

「簡単にいえば、本橋重役を、騙せということじゃありませんか？」

亀井が、あっさりと、いった。

「三上部長に、いわせると、中央自動車の本橋重役が、勝手に、考え違いをして、警視庁が取り引きに応じてくれて、今回の事件が、解決した時、中央自動車の件については、森田を使って、中西という弁護士を、殺したということは、どこにも発表しない。そういう取り引きが、できたと思っている。それに、元々、中西弁護士殺しの事件は、天橋立に行く、特急列車の中で起きているから、警視庁の捜査対象ではなくて、京都府警の管轄だ。だから、本橋に対しては、一応、分かったと、いっておいて、犯人の森田の情報を受け取って、逮捕してしまえ。三上部長の考えというのは、そういうことなんだ」

「しかし、いくら何でも、それは、まずいんじゃないですかね？」

と、亀井が、いう。

「今回の、連続殺人事件については、京都府警だけではなくて、箱根湯本で、起きた殺人については、神奈川県警とも、われわれは、合同捜査をしていますから、本橋を騙して、犯人を逮捕した後、中央自動車の問題は、京都府警の問題だからといって、逃げるわけには、いきませんよ」

「私も、その意見に賛成だ。中央自動車の件が、京都府警の捜査対象だとしても、合同捜査をしている以上、われわれが知らなかったというわけには、いかないんだ」

「三上部長は、何が何でも、犯人を逮捕したいわけでしょう？　それで、焦っておられるんですよ。だから、どんな手段を使っても、必ず犯人を逮捕しろ。そういうことなんでしょう？」

「それに、週刊誌に警察が叩《たた》かれたことがあったからね。あれで一層、部長は、焦っておられるんだ。それに、何よりも優先するのは、犯人の逮捕だから、そのためには、少しばかり、汚い手を使っても許されるのではないかと、三上部長は、そんなふうに、思っているみたいでね」

十津川が、いった。

「それで、警部は、これから、どうされるおつもりですか？　三上部長の考えに沿って、中央自動車の、本橋に対して、取り引きに応じるような、振りをして、犯人の居所をきき出しますか？」

と、亀井が、きいた。

「本橋重役に対しては、あくまでも、取り引きは、できないといっておく。それでもなお、森田誠二の居場所を、教える気になったのならば、それはそれでいいと、思っている。しかし、あくまでも、取り引きは拒否だ。それは今後も、ずっと変わらない」

「私は、警部の考えに賛成です」

と、亀井は、いったものの、

「しかし、犯人の森田誠二は、どこにいるんでしょうか？　それに、本橋という中央自動車の重役は、本当に、森田と連絡が取れているんでしょうか？」

「私は、三回、本橋に会っているが、私の勘でいえば、彼は、間違いなく、森田の居場所を知っているか、あるいは連絡が、容易に取れるような、状況にあるんだろう。だからこそ、私に、二度も電話してきて、それとなく、取り引きを匂《にお》わせたんだと思っている」

「森田の女の岡村美由紀ですが、その線から、森田を逮捕できませんか？」

亀井が、十津川にきく。

「彼女のことも、三上部長と話をしたんだ。私としては、本橋との取り引きは、絶対にしたくない。だから、残された手段としては、岡村美由紀を監視していれば、自然と、犯人の森田に行き着けるのではないかと、それに期待しているんだよ。森田誠二という男は、殺人を実行する前には、決まって気に入った女と、一夜を共にする。これまで大概、そうやってきているからね。本橋の話では、一週間以内に、犯人は、第四の殺人を、実行する。実行する前に、今まで、気に入っていた、岡村美由紀と会おうとするのではないか？　その時が、森田を逮捕できる、絶好のチャンスだと、私は思っている」

それから二日後、本橋から、また、電話がかかった。

前の二回と同じように、会いたいというので、十津川は、前と同じ、喫茶店を指定して、今度は、亀井も、連れていくことにした。

本橋は、二人を見るなり、

「あと五日しか、ありませんよ。どうするんですか？」

と、脅《おど》かすように、いった。

「申し訳ないが、あなたと、取り引きはできませんよ」

釘を刺すように、十津川は、キッパリと、いった。

本橋は、小さく笑ってから、

「私はね、三上刑事部長さんとも、電話でお話をしたんですよ。もし、何らかの、取り引きができるのならば、喜んで、森田誠二の身柄を、そちらに、差し出せます。そういったんですよ。そうしたら、三上刑事部長さんは、こんなふうに、いわれましたよ。取り引きはできないが、ギブアンドテイクはできる。その微妙な違いを理解して欲しい。部長さんは、そんなふうに、おっしゃるんですよ」

十津川と亀井が、黙っていると、本橋は、さらに言葉を続けて、

「どうですか、十津川さん」

「何がですか？」

「三上刑事部長さんがいった、取り引きはできないが、ギブアンドテイクならでき

る。その言葉ですよ。私は、喜んで、犯人の森田を、警察に逮捕させます。その協力に対して、今までの三つの事件のうちの一つだけ、つまり、中央自動車のことに関してだけは、問題にしない。そういって、くだされぱいいんですよ。森田は、ほかにも、何人もの人間を殺しているんですから、捕まれば、間違いなく、死刑になるんじゃありませんか？　中西弁護士夫妻の件に関しては、問題にしないということで、どうでしょうか？　それでも、今もいったように、森田は、間違いなく死刑になりますよ。それで、いいんじゃありませんか？」

本橋が、十津川を見、それから、亀井を見て、いった。

6

さらに二日経《た》った。本橋から、また電話が入った。

今度も、十津川は、亀井を連れて、いつもの喫茶店で、会ったのだが、本橋は会うなり、

「あと三日しかありませんよ」

と、いった。

ですか？」

十津川が、黙っていると、

「あと三日しかないのに、警察は、まだ、犯人の森田がどこにいるのか、つかめずにいるんじゃありませんか？　それに、どこの誰が、狙われているのかも、分からないのではありませんか？　私は、そんなふうに思っているんですけど、どうなんですか？」

十津川は、そんな、本橋の質問には、一切答えず、

「それで、今日は、どんな、ご用件なんでしょうか？」

わざと冷たく、いった。

「正直にいって、私だって、人間ですからね。あの男に、次の殺人を、犯させたくはないんですよ」

「でも、取り引きには、われわれは、応じませんよ」

十津川が、念を押した。

「そのことは、もう、よく分かりました。ですから、どうでしょうか、阿吽《あうん》の呼吸ということで」

と、本橋が、いった。

「阿吽の呼吸って、何のことですか？」

「ですから、私が、警察に協力して、森田誠二を逮捕させる。そうしたら、取り引きはしないと、いっているが、こちらの要望も、きいてもらえる。約束はしなくても、それぐらいのことは、できるんじゃありませんか？　だから、私は、阿吽の呼吸だと、いっているんですよ」

「それで今、森田誠二は、どこにいるんですか？」

十津川が、きいた。

「今のところ、東北地方の、小さな温泉としか、申し上げられません。森田は、一カ所に留《とど》まっていると、逮捕される恐れがあるので、絶えず移動しているからです。しかし、東北地方の温泉ということは、間違いありませんね」

と、本橋が、いった。

「それで、どうして、あなたは、森田誠二と連絡が取れるんですか？」

亀井が、きいた。

「それは、あなた方が、勝手に、想像されればいい」

「ひょっとすると、次の殺人も、依頼主は、あなたか、あるいは、中央自動車なんじゃありませんか？」

厳しい目つきで相手を見ながら、十津川が、きいた。

本橋は、笑って、

「それは、絶対にありませんよ。もし、そんなことならば、わざわざ、十津川さんをお呼びして、話したりはしません」

と、いった。

「それで、森田の居場所を、いつになったら、教えてくれるんですか？」

十津川が、きくと、

「次の殺人を、実行する前日に、森田のほうから、私に、電話がかかってくることになっています。ですから、電話がかかってきたら、すぐ、十津川さんにもお知らせします」

と、本橋は、約束した。

さらに二日後の、午前十時少し前、本橋から、十津川に、電話が入った。

「森田は今、東北の花巻《はなまき》温泉にいます」

と、本橋は、いう。

「花巻温泉の、何という、旅館ですか？」

「残念ながら、それは、分かりません。森田は、今、花巻温泉にいる。偽名を使って泊まっている。明日になったら、この近くで、次の殺人を決行する。それだけしか、いわないんですよ」

　と、本橋は、いった。

「花巻温泉にいるということは、間違いないんですね？」

「ええ、間違い、ありませんよ。これで私は、十津川さんとの約束を、守ったわけですからね。その後は、そちらが、花巻温泉に行って、森田を逮捕してください」

「それで、次に、狙われるのは、いったい誰なんですか？　本橋さんは、そのことも、きいているんじゃないんですか？」

　と、十津川が、きいた。

「それは、教えてくれませんでした」

「しかし、あなたは、森田と電話で話したんでしょう？」

「ええ、話しましたよ。ですから、こうして、十津川さんに、教えているんじゃありませんか。明日、森田誠二は、四件目の殺人を実行しようとしています。間違いないんです。ですから、何とかして、四件目の殺人を、警察の力で、阻止してもらえませんか？」

「しかし、森田のほうから、あなたに電話をしてきたんでしょう？」

「ええ、そうです」

「それなのに、次のターゲットの名前も、どんな人間なのかも、話さないのですか？」

「ええ、そうですよ。森田は、何も話しませんでした」

「だとすると、なぜ、あなたに、わざわざ、電話をしてきたんですか？」

「そこがどうも、私にも、よく、分からないんですよ」

「本橋さんのほうから、森田に電話をしたんじゃありませんか？」

「とんでもない。私は、彼の携帯の、番号なんか知りませんからね。かけたくたって、こちらからは、かけられませんよ」

「そうなると、ますます、犯人が、本橋さんに電話をしてきた理由が、分からないのですが、犯人は、いったい何を、本橋さんに、求めているんでしょうかね？」

「まったく分かりません。とにかく、今もいったように、私としては、次の殺人を、警察に食い止めてもらいたいんですよ」

と、本橋は、繰り返した。

「もう一度確認しますが、現在、森田は、東北の花巻温泉にいるんですね？　これは、間違いありませんね？」

「ええ、間違いありませんよ。ただ、今もいったように、花巻温泉の、何というホテル、あるいは、旅館に泊まっているのかは、いわなかったんですよ。もちろん、偽名で、泊まっているでしょうから、私には、探す方法がないので、こうして十津川さんに、電話をしているんです。警察なら何とか、花巻温泉の、何という旅館、あるいはホテルに、森田が泊まっているのかを、見つけられるんじゃありませんか？」

「ほかに、何か、分かっていることは、ありませんか？」

十津川が、きいた。

しかし、本橋は、

「これ以上、私には、何も、分からないんですよ」

と、いうばかりだった。

何とも、頼りない電話である。

しかし、十津川は、森田誠二が、四人目の、ターゲットを殺そうとしていることだけは、本当だと思った。

とにかく、一刻も早く、森田がどこにいるのか、これから、どんな動きをするのか、つかまなければならない。

岩手県警に要請して、花巻温泉のどこに森田誠二が泊まっているかを、探してもらうことにした。森田誠二の顔写真も、もちろん、岩手県警に送った。

「これは、時間がかかると思いますね」

と、亀井が、いった。

「何しろ、花巻温泉というのは、一カ所だけではなくて、たくさんの、温泉を合わせて、花巻温泉郷と呼んでいますから。それに、偽名で泊まっているでしょうし、変装しているかも知れませんからね」

「もちろん、難しいのは、よく分かっているが、何とかして、今日中、それも、早い時間に、森田誠二の行方をつかまなくてはならないんだ」

十津川が、自分に、いいきかせるように、いった。

それともう一つ、十津川が、注目しているのは、岡村美由紀の動きだった。

今、美由紀は、新宿の、ホテルSに泊まっている。もし、前と同じように、森田誠二がジンクスを、信じていれば、明日の殺人の前に、美由紀と、会おうとするだろう。

午前十時、美由紀を、見張っていた西本と日下《くさか》の二人から、十津川に、電話が入った。

「今、美由紀が、タクシーを呼んでホテルを出ました」

と、いう。

さらに、十五、六分すると、

「まもなく、美由紀の乗ったタクシーが、東京駅に着きます」

と、西本が、知らせてきた。

さらに、五、六分して、

「美由紀は今、東海道新幹線の、ホームにいます」

と、日下が、伝えてきた。

「東海道新幹線？　東北新幹線のホームじゃないのか？」

「違います。東海道新幹線です。行き先は、ちょっと分かりませんが、どうやら、今から出る、新大阪行きの『のぞみ』に乗るようです」

と、日下が、続けた。

「岡村美由紀は、東北には、向かわず、関西に行くつもりなんですか？」

亀井が、十津川に、きいた。

「西本たちの報告では、美由紀は、新大阪行きの、『のぞみ』に乗ったらしい」

「そうすると、森田誠二が花巻温泉にいるというのは、デタラメかも知れませんね」

「まだ、デタラメと断定することは、できない。今、森田が花巻温泉にいても、飛行機で大阪に向かうということも、考えられるからな」

十津川は、慎重な口調で、いった。

7

午後一時十分、西本から、電話が入った。

「今、京都です。京都に着いた後、美由紀はタクシーを拾って、京都市内の中心部に向かっています。おそらく、どこかのホテルに入るものと思われます」

それからさらに、十五、六分して、今度は日下から、電話が入った。

「今、岡村美由紀は、京都ホテルに、チェックインしました」

「京都ホテルというと、京都市街のちょうど真ん中にあるホテルだな？」

「そうです。文字通り、京都の街の真ん中にあるホテルです。フロントの話では、美由紀は、電話で、予約してきたそうで、ツインルームに入っています」

「偽名で、泊まっているのか？」

「いいえ、本名です。警察が尾行することは分かっていて、覚悟して、本名で泊まっているんだと、思いますね。今、西本刑事と二人で、フロントに来て、現在泊まっている客を、調べてもらっていますが、森田誠二らしい男は、泊まっていないようです」

と、日下が、いった。

一方、岩手県警からの報告も、芳《かんば》しいものではなかった。

「まず、電話で、花巻温泉にある、すべての旅館、ホテルに、問い合わせてみましたが、森田誠二らしき客は、見当たりませんでした。そこで、刑事を動員して、一軒一軒について、当たっていますが、七十パーセントまで調べたところでは、森田と思われる宿泊客は、見つかっていません」

岩手県警の刑事は、そういった。

さらに、岩手県警からの、次の報告では、

「花巻温泉のすべてのホテル、旅館の宿泊客を調べましたが、森田と思われる人間は、見つかりませんでした。昨日、一昨日、あるいは、三日前について も、調べましたが、どこのホテル、旅館にも、森田と思われる男は、泊まっていませんね」

「やっぱり、中央自動車の、本橋重役は、嘘をついていたんですよ」

亀井が、舌打ちした。

「こうなると、そう考えざるを得ないね。明らかに、本橋は、嘘をついている」

「どうして、そんな嘘をついたんでしょうか？」

「われわれが、絶対に、取り引きはしない。それが分かったので、本橋は、われわれの先回りをして、森田誠二の口を封じようと、考えているんだ。だから、森田が行ってもいない花巻温泉に、われわれの、注意を向けておいて、別の場所で、森田を殺すつもりでいるんじゃないか？　それ以外に、本橋が嘘をつく理由は、ないからね」

と、十津川が、いった。

「それにしても、こっちは、森田誠二がどこにいるのかも、分からず、誰を殺すのかも、分からない。中央自動車の本橋は、この二つを知っているんじゃありませんか？」

悔《くや》しそうに、亀井が、きいた。

「確かに、その点は、不利だが、私は、森田が殺人を決行する前に、京都ホテルに泊まっている、岡村美由紀に会いに行くと、信じているんだ。そうなれば、われわれにも、チャンスがある」

と、十津川が、いった。

十津川と亀井、それに刑事たち四人の、合計六人が、ただちに、京都に向かった。

もう東北の花巻温泉に、注意を払う必要は、なくなったからである。

途中の新幹線の中でも、京都ホテルにいる西本と日下の二人から、十津川に、電話がかかってくる。

「岡村美由紀は、部屋に入ったまま、まったく動きがありません。私たちはロビーにいて、入ってくる泊まり客を、一人一人、チェックしていますが、今のところ、森田を、見ていません」

と、日下刑事が、いった。

京都駅には、京都府警の、前田警部と三浦刑事が、迎えに来ていた。

京都府警としても、天橋立行き特急「文殊一号」の車内で、中西弁護士夫妻が殺された事件を、捜査しながら、犯人を逮捕できないでいる。その悔しさがあるので、前田たちは、張り切っていた。

京都ホテルに向かう、パトカーの中で、前田警部が、十津川に、きいた。

「岡村美由紀が、現在、京都ホテルに、泊まっているということは、犯人の森田誠二も、この京都に、現れるということでしょうか？」

「私も、それに、期待をかけているんですよ。犯行の場所が、どこなのかは分かりませんが、森田は、間違いなく、京都ホテルに泊まっている、岡村美由紀に会いに来ると思っています」

と、十津川は、いった。

京都ホテルに着くと、十津川はすぐ、先に来ている西本と日下の二人に、会った。

「岡村美由紀の様子は、どうだ？」

と、十津川が、きいた。

「さっき、ロビーに来て、コーヒーを飲んでいました」

と、西本が、いう。

「その時の様子は、どんな、感じだったんだ？」

「悠々《ゆうゆう》としていましたよ。焦っているような感じは、まったく、見られませんでした」

「美由紀は、本名でここに泊まっているんだろう？」

「ええ、そうです」

「そうなると、自分が、警察に監視されていることは、十分に、分かっているはずじゃないか？　それなのに、どうして、落ち着いているんだろう？」

「それから、もう一つ、コーヒーを飲んでいる時、誰かから、携帯に電話がかかってくるとか、彼女の方から、携帯をかけているような、そんな様子は、なかったのか？」

と、亀井が、きいた。

「どちらも、ありませんでしたね。携帯をかけている様子は、ありませんでした」

日下が、いった。

「そうすると、彼女は、森田誠二と会う時間と場所を、すでに、決めているんだろう。だから、彼に、連絡を取らないし、彼のほうからも、連絡をしてこないんだ。そうに決まっている」

と、十津川が、いった。

第七章　最後の爆弾

1

十津川は、一人で、京都ホテルに、泊まっている岡村美由紀と、話してみることにした。

ロビーで、彼女に、会った。

「彼からは、何の連絡も、ありませんよ」

美由紀が、先走ったいい方をする。

「今日は、君に、知らせたいことがあってね」

「刑事さんに、教えてもらいたいことなんて、何もありませんけど」

「そういいなさんな。彼の名前は、もう分かっているんだから。森田誠二というんだろう？　その森田なんだがね、昔、自衛隊の爆発物処理班にいた」

「そんなことくらい、わざわざ、教えてもらわなくても、知っているわ」

「そんな、荒っぽいところにいた男が、なぜか『大江山《おおえやま》いく野《よ》の道の遠ければ　まだふみも見ず天橋立《あまのはしだて》』という和歌を、知っていた。故郷を詠んだ、その和歌を、おそらく君も知っていて、それがきっかけで、彼と、仲良くなったんじゃないのかな。なぜ、森田が、こんな和歌を、知っていたのか、その理由をきいたことが、あるかね？」

「そんなこと、きいたこともないけど」

「森田が、昔、自衛隊にいた頃の友人がいてね。その友人が、この歌について、思い出してくれたことがあるんだ。その友人の話によると、森田には、若い頃、本当に好きだった女性がいた。彼女は、子供の時から文学少女で、和歌が、好きだった。なかでも、特に、和泉式部《いずみしきぶ》の娘が、作ったという今の歌、『大江山いく野の道の遠ければ　まだふみも見ず天橋立』、その歌が、好きだった。だから、森田も、自然に、その歌が、好きになったらしい。彼女の名前は、結城《ゆうき》ちさと、というのだが、森田は、何とかして彼女と、結婚したい。そう思っていたらしい。しかし、この結城ちさとは、二十歳の時、交通事故で、死んでしまった。彼女のことを知っている森田の友人に、私は、君の似顔絵を見せたんだよ。そうしたら、その友人が、いった。顔は、それほど似ているとは思わないが、雰囲気がよく似ているとね。君は、森田から、この女性のことを、きいたことがあるかね？」

「そんなこと、きいたことないわ」

「森田にとって、交通事故で亡くなった、その女性は、大事な宝のようなものなんだ」

「いったい、何がいいたいの？」

明らかに、美由紀は、不機嫌な顔に、なっていた。

「つまり、森田が、君のことを大事にしているのは、本当は、君が好きだからではなくて、森田の心に、今も残っている、結城ちさとという女性の面影に、君が似ているからなんだ。つまり、君は、彼女の代用品に、過ぎないんだよ」

「だから、彼を裏切れとでもいうの？」

美由紀の声が、ますます、尖《とが》ってくる。

「そんなことは、いっていない。ただ、寂しいじゃないか？　君は、森田にとって、単なる代用品なんだよ。そんなふうにしか思われていない男に、尽くしたってしょうがないだろう？　このままだと、君は、殺人の共犯者に、なってしまう。君は、まだ三十三歳だ。第二の人生が、あるじゃないか？　今もいったように、森田は、本当に、君を愛しているわけじゃないんだ。その証拠に、森田が自衛隊をクビになったのは、ある人妻に、ストーカーまがいの行為を、働いたからなんだが、その人妻も、結城ちさとに雰囲気が似ていたそうだよ。そんな男に尽くして、いったいどうするんだ？」

「もう話すことは、ないから、帰ってくれないかしら」

と、美由紀が、いう。

「最後に、君から、森田に、いっておいてもらいたいことがあるんだ。私からの伝言だ」

「そんなの、お断りよ」

美由紀は、素っ気なくいい、立ち上がってしまった。

十津川も、立ち上がった。

十津川が、美由紀の口から、森田に伝えてもらいたいと思ったのは、いい気になっていると、君も、裏切られるぞ、ということだった。しかし、考えてみると、その伝言は、ムダかも知れないと、十津川は思った。

いや、ムダというよりも、伝えないほうが、いいかも知れない。そう思ったのだ。森田は、本橋に、裏切られるだろう。それが、森田という男の宿命かも知れない。

十津川は、そう思った。

2

十津川の携帯に、また、本橋から、電話が入った。

「いよいよ、森田誠二が、次の犯行に走りますよ。どうですか？　私と取り引きしませんか？　そうすれば、次の犯行は防げるんですよ」

「何といわれようと、取り引きは、できませんね。それが、警察の方針です。第一、森田が花巻温泉にいるという、あなたの情報は嘘だったじゃないですか」

「強情な人だ。このままでは、間違いなく、誰かが、殺されるんですよ。それを防ぎたいとは思わないんですか？」

「もちろん、殺人は防ぎたいと思いますがね。だからといって、取り引きは、できませんよ」

「私はね。簡単なことを、期待しているだけですよ。犯人が逮捕されたあと、中西弁護士殺しについて自供しても、その際、中央自動車の名前は、十津川さんの頭から、取り除いて下さるだけでいいんです。それでも、犯人の森田は、死刑にできるはずですよ」

と、本橋は、いった。

「何度いわれても、決意は変わらない」

と、十津川がいうと、本橋は、電話の向こう側で、しばらく、考えているようだったが、

「分かりました。あなたは、どうにも、話の分からない人間だから、これ以上、話していても、意味がない。仕方がないので、あなたの上司の、三上刑事部長と話をすることにしますよ。ただ、これだけは教えて、あげますよ。二日後の、六月八日に、京都のど真ん中で、派手な爆発がありますよ。車が爆発して、女性が一人、死にます。それだけ、教えてあげれば十分でしょう。後は、あなたが、好きにすればいいですよ。こちらは、三上刑事部長と、話し合いをしますから」

そういって、本橋は、電話を切った。

十津川は、三上刑事部長が、どんな決断を下すのかは、分からなかったが、こちらとしては、やるべきことは、やらなくてはならない。

十津川は、刑事たちを集めて、本橋の電話について、説明した。

「本橋がいったことは、今月の八日、京都のど真ん中で、車が一台爆破され、女性が死ぬ。それだけだ。その女性が、どこの誰かも分からない。しかし、この事態に備えて、われわれは、捜査を進める」

「その本橋の情報ですが、信用できるんですか？」

亀井が、きいた。

「それは、何ともいえないが、本橋が、必死だということはわかるんだ。だから、今度は嘘《うそ》はつかないだろう。もし、嘘をついてわれわれを騙《だま》せば、本橋たち中央自動車が、犯人の森田を雇って、弁護士を殺させたことを、証明しようと、警察は努めるからね。それだけは、何としてでも防ぎたいはずだ」

と、十津川は、いった。

3

京都ホテルに近いFホテルに入っている十津川の携帯に、三上刑事部長から、電話が入った。

「今日、少し前に、中央自動車の本橋取締役が、秋山代議士を連れて、私を訪ねてきたよ」

「そうですか。本橋は、私にも、電話をしてきています」

「君への電話というのは、どんな内容だったんだ?」

「先日と同じです。今度、森田誠二が、誰を殺そうとしているのか、それを教えるから、取り引きに応じてくれ。そういわれました」

「それで?」

「もちろん、断りましたが、二日後の八日に、京都で、女性が一人殺される、といっていました。もちろん、犯人は森田なんですが」

「私の方には、もう少し詳しく、情報を伝えてきたよ」

「どんな、情報ですか?」

「八日に、京都で殺される女性は、しだらゆきえという名前の、四十歳の女性で、東京の銀座に、店を持っている、ファッションデザイナーだそうだ」

「しだら、というのは、どういう字を書くのですか?」

「設計の設に、音楽の楽、楽しいという字だ。設楽幸恵。服飾の分野では、有名なデザイナーらしい」

「本橋は、部長にも、取り引きを、申し込んできたんですか?」

「いや、はっきり、取り引きとは、いわなかった。ただ、一緒に来た、秋山代議士が、この人は、元警察庁の、お偉方なんだと、私に、こういった。中央自動車が、今回の一連の殺人事件には、何の関係もないことは、私がよく知っている。そのことを伝えたくて、同行しただけだと、いったよ。本橋のほうは、こういったよ。自分は、今月一杯で、中央自動車を、辞めることになった。自分が疑われているのは、構わないが、中央自動車とは何の関係もない。それを、理解してもらいたい。それだけいっていたよ」

「二人は、もう、帰ったんですか?」

「ああ、五分前に、帰った」

「部長は、二人に対して、どう答えられたのですか?」

「何にも、答えていないよ。今いったようなことを、本橋取締役が、いったし、秋山代議士もいって、そのまま、帰っていったんだ」

「分かりました。とにかく、私たちは京都にいて、八日の事件を防ぎ、犯人の森田誠二を逮捕するつもりです」

十津川は、きっぱりと、自分の覚悟を伝えた。

岡村美由紀の監視に当たっている、西本と日下《くさか》から、連絡が入った。

「相変わらず、岡村美由紀は、京都ホテルから、動きません。散歩にも出ていませんん」

と、西本がいう。

「京都ホテルは、京都のど真ん中にあったな？」

「そうです。河原町《かわらまち》三条にありますから、繁華街の真ん中といっても、いい過ぎじゃありません。便利は、便利で、買い物も楽です」

「明後日の八日だが、本橋が、三上部長に話したところによると、狙《ねら》われるのは、東京のファッションデザイナーの設楽幸恵という四十歳の女性だ。その女性が、八日に、京都のど真ん中で、車もろとも、爆破されて、死ぬらしい。彼女の写真は、今日中に、送ってくる」

「京都のど真ん中というと、この京都ホテルの近くかも知れませんね」

と、西本が、いった。

4

十津川は、東京に残っている田中刑事たちに、設楽幸恵を監視するように、指示を出した。

「すでに、彼女の周辺に、森田がいるかも知れないからね。そのことにも、注意を払ってくれ」

「彼女に、八日には、京都へ行くなと注意することは、考えられませんか？」

田中が、きく。その質問には、十津川が、

「それも考えたが、二つの理由で、このまま、見守ることにした。第一の理由は、設楽幸恵が、八日に京都で狙われるというのは、本橋が、知らせてきただけで、何の証拠もない、ということだ。第二の理由は、彼女が狙われているのが、事実だとして、もし、京都行を中止したら、それで安全ということにはならない。なぜなら、犯人は、東京で彼女を狙うだろうからだよ。京都に比べて、東京は、広いから、守るのも大変だし、犯人を逮捕するのも難しい。だから、このまま、八日の京都を、見守ることにしたんだ」

「わかりました。ほかに、東京で、何をやったら、いいんでしょうか?」

「本橋の話では、八日に、京都のど真ん中で、森田が、設楽幸恵を、車ごと爆破するという。その車のことが、引っかかるんだが、彼女が、車で東京から京都に来るのか、新幹線で来るのか、知りたいんだよ。もし、車で来るのなら、その車種と、運転を誰がするのか、を知りたい」

と、十津川は、いった。

「すぐ、調べます。設楽幸恵の顔写真は、すでに、警部たちのいるFホテルに送ったので、今日中に着くはずです」

田中が、いった。そのとおり、夜の九時過ぎに、設楽幸恵の顔写真が、十津川の手元に届いた。

十津川は、すぐ、それをコピーして、亀井たちや、応援してくれる京都府警の刑事たちに、配った。

写真を見ると、派手な顔立ちで、身長一七〇センチと、大柄であることが、その写真に添えられた説明でわかった。

翌朝、田中刑事の電話で、更に、いろいろなことが、わかった。

「彼女の、明日八日のスケジュールが、わかりました。前日の今日、七日に、車で、東京を発ち、京都に向かいます。出発は、午前十時となっていますから、あと一時間後です。車は、ライトブルーのジャガーで、運転は、マネージャーの佐藤かおりという女性です。八日の当日ですが、京都の河原町二条にある公会堂を使って、夕方の六時から、着物と、その着物から触発されたデザインのドレスの発表会が行われます。この発表会は、一年前から、設楽幸恵が、熱を入れているもので、テレビの中継もあるそうです」

「彼女が、京都のどこのホテルを予約しているか、わかるかね？」

「ホテルKだときいています。場所は、四条河原町だそうです」

「それなら、岡村美由紀が泊まっている京都ホテルの近くだよ」

と、十津川は、いった。それで、美由紀は、このホテルに、泊まっているのか。

午前十時八分。田中刑事から、再び、連絡が入った。

「今、設楽幸恵の車が、マネージャーの運転で、東京の自宅を出発しました。私と片山刑事で、尾行しています」

「ほかに、彼女の車を尾行している車はあるか？」

「今のところ、それらしい車は、見当たりません」

「京都には、六時間くらいかかるはずだな」

「設楽幸恵の車は、スピードを出さず、ゆっくり走っていますから、それ以上、かかるかも知れません。京都着は、午後五時頃になると思います」

と、田中は、いった。

十津川は、半分の刑事を、Fホテルから、設楽幸恵が泊まる予定のホテルKに移した。

午後五時すぎに、設楽幸恵は、車で京都に着き、ホテルKにチェックインした。

西本たちの報告によれば、ホテルKには、今のところ、森田誠二と思われる泊まり客は、いないという。京都ホテルに泊まっている岡村美由紀も、動く気配がない。

設楽幸恵が、マネージャーと一緒に乗ってきたジャガーは、ホテルKの駐車場に入れられた。

十津川は、西本たちに向かって、いった。

「設楽幸恵の車には、くれぐれも、用心しろ。ひょっとすると、今夜中に、森田誠二が、その車に、爆発物を、仕掛けるかも知れないから、一時《いっとき》も監視を怠るなよ」

西本と日下の二人は、十津川の指示で、その夜、朝まで眠らずに交代で、設楽幸恵のジャガーを見張っていた。

しかし、夜明けまでかかって、

「今までに、問題のジャガーに、近づいた人間は、おりません」

二人は、十津川に、報告してきた。

「今日、午後六時から始まる、ファッションショーに、設楽幸恵は、その車で、会場まで向かうと思うから、引き続き、車を監視してくれ」

と、十津川が、命令した。

しかし、今回の、ファッションショーの主催者、京都商工会議所が、自分のところの車をホテルKに迎えにやることになり、設楽幸恵は、それに乗って、会場に、向かうことになった。

十津川は、不安に襲われた。そちらの車は、監視していなかったからである。どこかで、その車に、森田がプラスチック爆弾を、すでに、仕掛けたかも知れないという、そんな不安に、十津川は、襲われたのだ。

「何とかして、その車を、何分間か、押さえて、爆発物が仕掛けられていないかどうかを調べるんだ」

十津川は、西本と日下に、携帯で命令した。

その直後、ホテルKの駐車場で、爆発が起きた。

5

爆発音は、携帯を通して耳に入ってきた。

「大丈夫か？」

と、十津川が、きいた。

「怪我《けが》をした人間は、誰もいませんが、ホテルの駐車場の入口が、爆破されたので、どの車も、駐車場から、出られなくなってしまいました。商工会議所が、迎えに寄越した車もです」

西本が、答える。

「それで、設楽幸恵は、どうしているんだ？」

「とにかく、ショーに、間に合うように行かなければならないといって、今、ホテルに頼んで、ハイヤーを、呼びましたよ」

西本が、いった。

十津川は、Fホテルに泊まっていた刑事たちのうち、一人を、岡村美由紀の監視のために残して、ほかの者全員で、ホテルを出た。

それは、ホテルKからショーの会場までの河原町通りの警戒に、当たるためだった。

その途中で、森田は、設楽幸恵の乗った車を爆破するチャンスをうかがうことも、考えられたからである。

幸い、ホテルKからショーの会場である公会堂までの距離は、そう遠くはない。それに、通る道も、河原町通り一本である。

十津川の携帯に、連絡が、入ってくる。

「ホテルKに、今、迎えのハイヤーが、着きました。Nハイヤーの車です。色は黒で、車種は、アメリカのキャデラックです。今、それに乗って、設楽幸恵とマネージャーが、会場に、向かいました」

「そのハイヤーを、調べる時間はなかったんだな？」

「残念ながら、調べる時間はありませんでした。何しろ、設楽幸恵が、やたらに、時間を、気にしていましたので」

日下が、いった。

「その車が、河原町通りに、現れたら、とにかく停《と》めるんだ。停めたら、設楽幸恵とマネージャーを降ろし、念のため、ほかの車で、会場に、向かわせるんだ」

十津川が、西本に、いった。

「そのハイヤーに、爆発物が、仕掛けられていると、警部は、思っておられるのですか？」

「それは分からんが、万一ということもあるからな。今、考えなければならないのは、安全第一だ」

十津川が、いった時、突然、河原町通りに並ぶカメラ店で、爆発が起きた。

大きな爆発音だった。もうもうたる白煙が、その店を覆い、悲鳴をあげながら、客が、飛び出してきた。

続いて、通りの反対側にある映画館でも、同じように、爆発が起き、白煙が吹き出してくる。映画館からも、悲鳴をあげながら、どっと、客が、飛び出してきた。

同じく、河原町通りに面した雑居ビルの一階にあるファミリーレストランでも、爆発が起き、白煙が吹き出す。子供連れの客が、先を争って、通りに、飛び出してきた。

「見て来い！」

十津川は、三田村刑事に向かって、命じ、彼が、飛び出して行く。その間にも、十津川の携帯が、鳴り続けた。

「今、岡村美由紀が、ホテルを出ました。タクシーは呼ばず、歩いて、そちらに向かっています」

美由紀の監視に、一人だけ残しておいた北条早苗刑事からの連絡だった。

「傍《そば》に、森田の姿は見えるか？」

「それらしい男は、見当りません」

「監視を続けてくれ」

三田村が、駆け戻ってきた。

「三カ所とも、トイレで、爆発が起きていますから、前もって、トイレに犯人が、仕掛けておいたものと思われます」

「森田か」

「おそらく、そうでしょう。白煙が吹き出していますが、炎は出ていませんから、発煙筒が、使われたのかも知れません。ただ、多くの人が、眼をやられていますから、同時に催涙《さいるい》弾も使われたようです」

「この河原町通りを、めちゃくちゃにするつもりだ」

と、十津川が、いったとき、傍で、亀井が、叫んだ。

「警部、問題の車が見えてきました！」

混乱している河原町通りに、黒のキャデラックが、現れたのだ。

「とにかく、停めろ！」

十津川が、叫んだとき、キャデラックが停車し、運転手が、車から、飛びおりるのが見えた。

十津川は、狼狽《ろうばい》した。

あの運転手は、森田誠二ではないのか？

キャデラックに、プラスチック爆弾が仕掛けられているから、犯人の森田が、逃げ出したのではないのか？

十津川は、亀井と二人、十五、六メートル先に、停まっているキャデラックに向かって、突進した。

リアシートに、設楽幸恵と、三十歳前後と思われる女性マネージャーが、乗っているのが、見えた。

二人は、車の中で、何か、叫んでいるようだが、まったくきこえない。

十津川が、ドアに手をかけたが、ドアは開かなかった。

亀井が、反対側に回ったが、そちらの、ドアも開かない。

十津川は、拳銃《けんじゅう》を取り出すと、ドアの取っ手に、向かって、一発、二発と、撃ち込んだ。それで、やっと、ドアが開いた。

「すぐ外に出てください。この車、爆発しますよ」

十津川が、怒鳴った。

それでも、設楽幸恵は、何が起きているのか分からないといった顔で、呆然《ぼうぜん》としている。

十津川は、手を引っ張って、車の外に連れ出した。

反対側から、亀井が、マネージャーを引きずり出す。

「走ってください！」

十津川が、叫んだ。

十津川と亀井は、設楽幸恵とマネージャーを引っ張って、必死に走った。

次の瞬間、爆発が起きた。

その凄《すさ》まじい爆発音は、カメラ店や映画館での爆発とは、まったく違った、ものだった。

だとすれば、前の三件は、やはり脅しのための発煙筒だったのではないのか？

十津川は、そんなことを、考えながら、設楽幸恵を庇《かば》うようにして、地面に体を伏せた。

再び、大きな爆発音がして、十津川は、後ろを振り返る。

黒いキャデラックの車体が、二、三メートルも、空中に高く、跳ね上がるのが、見えた。

車はそのまま、地面に、叩きつけられると同時に、猛烈な炎を、吹き出した。バラバラと、破片が落下してくる。

河原町通りは、今や、戦場と化していた。

キャデラックが、爆破されたことによって、近くを走っていたタクシーや、乗用車やバスが、急停車して、ぶつかったり、横倒しに、なったりしている。

十津川は、そばで、同じように伏せている亀井に向かって、

「逃げた運転手は、どうしている？　誰か、追っているのか？」

「西本と日下の二人が、追っているはずです」

亀井が、答える。

十津川は、立ち上がった。

相変わらず、キャデラックは、猛烈な炎を上げて燃えている。

もう、破片は、空から落ちてこなかった。

十津川は、運転手が、逃げていった方向に、目をやった。

十津川と亀井は、その方向に、駆け出した。

ちょうど、京都ホテルから岡村美由紀を追ってきた北条刑事とぶつかった。

「岡村美由紀は、こちらに逃げてきましたが、見失ってしまいました」

と、早苗が、いう。

「森田誠二と二人で、どこかに、逃げるつもりだ」

十津川は、舌打ちして、周囲を見回した。

白煙は、さっきと同じように、カメラ店と映画館、それにレストランから吹き出して、道路一杯に広がっている。

炎が、まったく見えないところからすると、やはり、こちらは、発煙筒なのだろう。

十津川は、しゃがんで、煙の下から、前方に目をやった。その先に、チラリと、さっき逃げた運転手の制服が、見えたような気がした。

「前方七、八メートル先！」

十津川は、叫ぶように、いい、亀井をうながして、また、駆け出した。

西本と日下が、煙の中から、十津川に、声をかけてきた。

「警部！」

「どうした？　犯人は、見つかったか？」

十津川も、叫ぶように、きく。

「逮捕寸前のところで、逃げられました。ヤツは、この近くに、車を停めておいて、それに乗って逃げたんです。車種はトヨタのマークⅡ、色は茶色。ナンバーは京都××の××××。おそらく、盗難車で、ヤツがあらかじめ、どこかで盗んで、ここに、停めておいたんだと思います」

「その車を、すぐに手配しろ」

「すでに、京都府警のほうには、連絡しておきました。パトカーが、探してくれているはずです」

と、西本が、いった。

「私が見た時には、女が一緒でした」

日下刑事が、いった。

「その女は、岡村美由紀だよ」

「女のほうが先に、その車に、乗って待っていたんです。森田が、あらかじめ電話で、その車に乗って、待っていろと、指示を出していたんだと思います」

「それも、京都府警には、知らせたのか？」

「ええ、もちろん、知らせました」

西本が、いった。

日下が、自分の携帯を、十津川に差し出した。

「京都府警から、連絡が入っています」

十津川が、その携帯を取って、耳に当てた。

「今、全力をあげて、問題の車の行方を探していますが、どちらに、向かったのか、分かりませんか？　およそのことでも、構わないのですが」

京都府警の刑事が、十津川に、きいた。

「おそらく、犯人たちは、車で逃走しましたから、いちばん近い、空港に向かっていると思われます」

「分かりました。すぐに、全パトカーに、指令を出しましょう」

京都府警の刑事は、いった。

6

「問題の車ですが、高速を、大阪に向かって走っていることが、分かりました。パトカー三台が、今、追いかけています」

という連絡が京都府警から入った。

「犯人は、大阪に、向かっている。われわれも、車で、すぐに追いかけるぞ」

十津川は、いい、すぐに手を上げて、タクシーを停めて、乗り込んだ。

タクシーが走り出すと、十津川は、北条刑事にも、電話をして、

「君も、車で、高速を大阪に向かってくれ」

と、いった。

しばらく、何の連絡もない時間が、経過していった。

十津川たちの乗ったタクシーも、大阪に向かう高速に、入っているのだが、少しずつ、十津川は、不安になってきた。

京都府警のパトカーからは、森田誠二が運転し、岡村美由紀が乗っているマークⅡを、高速で、見かけたといっているが、間違いなく、それが、森田の車だとは、

いっていない。

ひょっとして、森田は、こちらが、高速に乗るだろうと、予想している裏をかいて、一般道路を、東京か、あるいは、名古屋に向かって走っているかも知れないのだ。

東京にも、空港があるし、名古屋にも空港がある。そこから、どこか、遠くに逃げるという可能性も、少なくない。

その不安が、的中していれば、森田も岡村美由紀も、取り逃がしてしまうことになる。

十津川たちも、京都府警も、東京や名古屋方面には、まったく手配を、していなかったからである。

十五、六分ほどしてから、やっと、京都府警から、連絡が入った。

「現在、三台のパトカーが、大阪方面に向かって、走っていますが、先頭車が、今、森田誠二が乗っていると思われる、マークⅡを発見しました。インターチェンジで、高速から降りて、一般道路に入ったそうです。パトカーも、同じように今、高速を降りて、マークⅡを、追っています」

十津川は、自分の乗っている、タクシーの運転手に向かって、

「私が、責任を負うから、スピードを上げてくれ。大阪に入ってすぐの、インターチェンジで、この高速を降りるんだ！」

と、指示した。

十津川たちが、分乗している二台のタクシーは、スピードを上げていった。大阪に入ってすぐの、インターチェンジで、タクシーは、一般道路に降りた。

その時、京都府警から、連絡が入った。

「失敗しました。三台のパトカーで、森田の車を追跡していたのですが、彼の乗っていたマークⅡを、大阪市内で、見失ってしまったそうです」

京都府警の刑事は、いい、つけ加えて、

「一刻も早く、もう一度、見つけたいと思っています」

十津川は、運転手に向かって、

「ここから、いちばん近い空港は、どこだ？」

「ここからだと、一番近いのは、大阪空港ですよ。伊丹空港です」

「そこから、国際便は出ているのか？」

「いいえ。国際便が出ているのは、関空の方です」

「それなら、関空に向かってくれ」

と、十津川は、いった。

犯人の森田が、岡村美由紀を連れて、逃亡しようとしている先は、海外だと確信していた。

森田は、追いつめられていた。そんな森田なら、これ以上、日本国内を逃げ回るのは、危いと思っているだろう。

とすれば、国際空港から、外国へ高飛びしようとしているはずである。パスポートも、ビザも、航空券も、前もって用意しているだろうと、十津川は、思っていた。

十津川たちの乗ったタクシーは、関西国際空港に向かって走る。

難波《なんば》を抜け、新今宮《しんいまみや》を通過する。泉佐野《いずみさの》に入った。

「間もなく、関空ですよ」

と、運転手が、いった。

助手席にいた西本が、急に前方を指さして、

「あの車、トヨタのマークⅡじゃありませんか！」

と、叫ぶように、いった。

五、六台先に、確かに、トヨタのマークⅡが、見えた。が、次の瞬間、間に大型トラックが入って、マークⅡが、見えなくなった。

関西国際空港を示す標示板が、見えた。

「どちらに行くんですか？　国際線の方ですか？　それとも、国内線ですか？」

と、運転手が、きく。

「国際線だ」

と、十津川が、いった。

十津川は、ほかの車に乗っている刑事たちに、携帯をかけた。

「犯人は、関空の国際線の入口に向かっている。何とか、先回りして、犯人を、押さえてしまえ」

十津川は、携帯で指示しながら、前方を見つめた。

海上に造られた関西国際空港への、スカイゲートブリッジを、渡り始めた時、突然、マークしていたトヨタの車が、猛スピードで、引き返してくるのに、ぶつかった。

運転しているのは、間違いなく、森田誠二だった。

十津川は、あわてた。

「あの車を追ってくれ！」

「ここは、Ｕターン禁止です！」

運転手が、悲鳴をあげる。

空港に先回りした刑事を見つけて、森田は、Uターンしたのだろう。

7

ブリッジを渡ってから、何とか、十津川たちの車は、Uターンすることが、できた。

しかし、森田の車は、完全に、見失ってしまった。

十津川は、部下の刑事たちや、京都府警のパトカーに連絡をとった。

「犯人の乗ったマークⅡは、関空から引き返して、泉佐野市の方向に消えました。何とか、見つけ出して下さい！」

しかし、森田の車を発見したという連絡は、なかなか入って来ない。

一番遅れて、大阪に入った北条早苗から、連絡が、入った。

「今、突然、問題の車を発見、追いかけています」

「場所は、どこだ？」

「国道26号線の和泉《いずみ》市あたりで、大阪市に向かっています」

と、早苗がいう。

「国道26号を、大阪に向かってくれ！　相手は、殺人犯だ。何としてでも、追いついてくれ！」

十津川は、運転手に、ハッパをかけた。

運転手も、覚悟を決めたのか、アクセルを、思い切り踏んだ。

一台、二台と、車を追い抜いていく。

やっと、北条早苗の乗っている、京都ナンバーのタクシーが見えてきた。

十津川は、彼女に、携帯をかけた。

「君の車から、森田のマークⅡは、見えるのか？」

「見えてます」

「それなら、代われ！」

十津川が、大声で、いった。

十津川の乗った車が、先に出た。前方に、トヨタのマークⅡが見えた。

その途端だった。

突然、マークⅡの、後部座席のガラスが割られ、そこから、拳銃を撃ってきた。

タクシーの運転手が、急ブレーキをかけた。

車は急停止し、一台、二台と、追い抜かれていく。
「西本刑事、君が、運転を代われ」
十津川が、命令した。
青い顔をした運転手を、助手席に追いやって、西本が、ハンドルを握った。
アクセルを踏み込んで、たちまち、百キロを超すスピードになった。
また、マークⅡに接近した。
再び、拳銃を撃ってくる。
しかし、今度は、西本は、スピードを緩《ゆる》めなかった。逆に、アクセルを目一杯踏んだ。
グーンと加速する。
途端に、マークⅡに、接触した。
拳銃を撃ってきたのは、岡村美由紀だと、はっきりと分かった。
「バカなことをしやがって」
十津川は、吐き捨てるように、つぶやいた。
これで、岡村美由紀が共犯と、確定してしまうではないかと、十津川は思ったのだ。

交差点が近づいてくる。信号は赤。

しかし、森田のマークⅡは、停まる気配がない。

西本が、しきりに、警笛を鳴らした。

森田の車が、赤信号を、無視して、交差点に突入していった。つぎの瞬間、右側から来たトラックに接触。森田のマークⅡが、横転した。

西本が、慌てて、急ブレーキをかける。

タクシーが停まると同時に、十津川たちは、車から飛び出して、交差点に向かって、走っていった。

交差点に入ろうとする、ほかの車に対して、亀井が、拳銃を、宙に向かって撃った。

その銃声に驚いたように、何台もの車が、急ブレーキをかけて、停車した。

十津川は、横倒しになっているマークⅡに向かって、歩いていった。

車内の二人が、どうなったか、分からない。

やっと、運転席のドアが開いて、ゆっくりと、森田が、這《は》い出してきた。

十津川が、森田に向かって、拳銃を突きつけた。

「殺人と殺人未遂で、緊急逮捕する」

十津川が、いうと、森田は、なぜか、ニヤッと笑った。

そんな森田を引きずり出して、亀井が、手錠をはめた。

続いて、岡村美由紀が、うめき声を、あげながら、這い出してくる。

額が切れて、血を流していた。

十津川は、西本に向かって、

「救急車を手配」

と、怒鳴るように、いった。

ほかの刑事たちが、乗ったタクシーが、集まってくる。そして、京都府警のパトカーも、姿を現した。

十津川は、大阪府警に、連絡を取ることにした。あくまでもここは、大阪府警の管轄だったからである。

間もなく、十津川の連絡を受けて、大阪府警のパトカーが、やって来た。さらに、救急車も来て、十津川は、岡村美由紀を乗せて、すぐ病院に向かわせた。

十津川は、大阪府警の刑事に向かって、事情を説明した。

相手も納得してくれて、

「その一連の事件については、私どもも承知しています」

「それで、この森田誠二を訊問《じんもん》したいのですが」

十津川が、いうと、

「では、近くの署まで、ご案内しますよ」

大阪府警の刑事が、いってくれた。

8

森田誠二に対する最初の訊問は、十津川と亀井が担当した。

「彼女、どうなりました？」

森田が、先に、十津川にきいてきた。

「心配か？」

「そりゃそうですよ。何しろ、一度、寝た女ですからね」

と、森田は、いう。

「負傷しているんで、病院に運んだよ」

「それは分かっていますが、助かりそうですか？」

「まあ、大丈夫だろう」

と、十津川は、いってから、

「君のポケットを調べたら、バンコク行きの航空券があった。それに、パスポートとビザ。関空からバンコクに逃げるつもりだったのか？　しかし、一人分しかなかったぞ」

「彼女は国内線で、どこかへ逃げ、それから、俺《おれ》は、バンコクへ行くつもりだったんだ」

「一人で逃げるつもりだったのか？」

「彼女には、警察が、ピッタリくっついていたじゃないですか？　だから、航空券を買っても渡す時間がなかった。まず、俺が先にバンコクに逃げて、彼女には、後から来るように、いおうと思っていたんですよ」

「今日、君は、京都のど真ん中で、ファッションデザイナーの、設楽幸恵を殺そうとして失敗した。まず、この件から、きこうじゃないか。君に、設楽幸恵を、殺してくれと、頼んだのは、誰なんだ？」

十津川が質問すると、森田は、ニヤッと笑って、

「警部さん、それは、勘弁してくれませんかね。今度の殺しも、契約して引き受けたんですよ。その契約のなかには、依頼主の名前は、絶対に、秘密にする。そうい

う約束が、ありましてね。だから、しゃべれないんですよ。設楽幸恵を、殺そうとしたことは、確かですよ。それは認めるんだから、それで、いいじゃないですか？」

「しかし、君は、これまでに、四人以上の男女を殺しているんだ。箱根湯本の駐車場で、川野健太郎、四十二歳を、プラスチック爆弾で殺している。二番目は、天橋立に行く特急『文殊一号』の車内で、弁護士の、中西武彦と、その奥さんの啓子を殺している。三番目は、山陰の道路上で、大学教授の、北村喜一郎を、旅館の運転手と一緒に、これも、プラスチック爆弾で、殺している。これで、君の死刑は決まったようなものだ。それでもなお、契約だとか、金を貰っているからといって、殺人の依頼者を、庇《かば》うのかね？　君がすべきことは、四つの事件について、すべてをはっきりと、証言することじゃないのかね？」

「それは、刑事さんの、論理でしょう？　俺には、俺なりの、論理がありましてね。このまま黙って、何もしゃべらずに、死刑になるというのも、それはそれで、格好いいじゃありませんか」

「そんなに、いきがりなさんなよ」

亀井が、森田に向かって、いった。

「君は、約束だとか、何とかいっているが、どうして、今日、こうして、捕まったと思っているんだ？　君は、依頼主に、裏切られたんだよ。依頼主の一人が、君を警察に売ったんだよ」

亀井が、脅かすようにいったのだが、森田は、別に驚きもせず、

「やっぱりね」

と、いった。

「君を売った依頼主が誰なのか、分かっているのか？」

「大体の想像は、ついていますよ」

「本当に、分かっているのか？」

「分かっていますよ」

と、森田は、笑って、

「自動車屋の、オヤジじゃありませんか？」

「どうして、そう思うのかね？」

と、十津川が、きいた。

「前々から、信用の置けない男だと、思っていましたからね。それに、今日の、設楽幸恵だけど、今日の依頼主も、元はといえば、自動車屋のオヤジが、紹介したんですよ。だから、あいつは、今日、どこで、誰を狙うか知っていたんです。ほかの

依頼主は、そんな繋《つな》がりがないから、今日の事件には、関係がない。そう思っていますよ」

「じゃあ、二番目の特急『文殊一号』の車内での殺人事件については、依頼主が、中央自動車の、本橋邦夫だということは、認めるんだね？」

「まあ、しょうがないでしょうね。向こうが俺を、裏切ったのなら、こっちが、裏切ったとしても、契約を、反古《ほご》にしたことには、ならないですからね」

森田は、やっと、この件に関してだけは、十津川の言葉にうなずいた。

「じゃあ、この件について、調書を取らせてもらうよ」

と、十津川が、いった。

「本橋邦夫という男に、弁護士の、中西武彦の殺しを、依頼されたのは認めますがね、このことは、中央自動車とは、何の関係もありませんよ」

「この期《ご》に及んでも、まだ、相手を、庇うつもりかね？　そんなことをして、バカらしいとは、思わないのか？」

十津川が、とがめるようにいうと、

「警部さんには悪いが、あくまでも、あの仕事は、本橋邦夫という男に、頼まれたんですからね。本橋が、中央自動車の取締役ということは、俺の仕事とは、何の関係もないんですよ。そもそも、俺の仕事は、個人対個人の契約ですからね」

「それが、殺し屋の仁義か？　それとも、この期に及んでも、まだ自分を、格好よく見せようと、思っているのかね？」

「さあ、どうでしょうかね。とにかく、中西という弁護士を、殺してくれと頼まれたのは、あくまでも、本橋という男からですからね。中央自動車と、契約をしたわけじゃないんですよ」

森田は、繰り返した。

「まあ、いいだろう。とにかく、二番目のこの事件について、調書を取るからそれに署名してもらうよ」

「ちょっと、待ってくださいよ。今もいったように、本橋邦夫に頼まれて、中西弁護士を殺したという調書なら、喜んで、署名しますけどね。中央自動車取締役の、本橋邦夫に頼まれたという調書なら、俺は、絶対に署名しませんよ」

森田は、細かいことを、いった。

亀井が、中西弁護士殺しについて、調書を作り、森田に署名をさせた。

「こんな調書でもいいんですかね」

と、森田が、笑う。

「今のところ、これだけでも、たぶん、中央自動車は、裁判に、負けるだろう。君は、本橋邦夫個人に、頼まれたといっているが、本橋は、あくまでも、中央自動車の取締役だからね」

十津川が、いい、続けて、

「次は、第一の殺人事件、箱根湯本の、駐車場での殺しだ」

「まだやるんですか？　殺しについては署名しますが、誰に依頼されたかについては、俺は、絶対に署名はしませんから」

「まあ、いいから続けよう」

十津川は、じっと森田の顔を見つめて、いった。

解説

山前 譲
（推理小説研究家）

数ある十津川警部シリーズのなかでも、この『若狭・城崎殺人ルート』には独特の雰囲気が漂っている。なぜなら、

大江山いく野の道の遠ければ
まだふみも見ず天橋立

という、平安時代の短歌が事件に関わっているからだ。

その日、小さな飲み屋をやっている美由紀は、客に誘われて、店が終わった後にホテルへ行った。もちろん一夜の遊びだが、ルームサービスで酒を飲み、寿司を食べているときに、その客が突然、この短歌を知っているかと言いだす。偶然のことだったが、美由紀はその歌のことをよく知っていたのである。

それは平安時代の女流歌人である小式部内侍《こしきぶのないし》の一首で、藤原定家《ふじわらのていか》が選んだとされ

ている小倉百人一首に採られている短歌だ。小式部内侍はやはり歌人として知られている和泉《いずみ》式部の娘だが、その母が夫の橘道貞《たちばなのみちさだ》とともに丹後国に赴いていたときに詠まれたものである。美由紀は天橋立の近くの宮津が郷里で、中学校でその歌について教わったことがあったのだ。

ただ、男は小式部内侍の歌に、とくに思い入れがあるようでもなかった。そして美由紀が寝ているあいだにホテルから消えてしまったのだが、テーブルの上には百万円が入った封筒が残されていたのである。あの歌を知っていることに感動したから？　美由紀はかねてから欲しかったシャネルのバッグを買い、自宅マンションに戻るのだった。

その日の夜、テレビのニュースで小式部内侍の短歌が繰り返される。天橋立へと向かう特急「文殊一号」のグリーン車で爆発があり、二人の乗客が死んだというのだ。ひょっとすると、あの男が関係しているのでは？

そんな不安に駆られていると、京都府警の三浦刑事と警視庁捜査一課の西本刑事が訪ねてきた。爆破事件のあった「文殊一号」に、百万円をくれた男と行ったホテルの、宣伝用のボールペンが落ちていたというのだ。もちろん何も知らないと答える美由紀だが、刑事が帰ったあと、その男から電話が入る。そして天橋立、さらには城崎へと旅することになる美由紀だった。

西村氏のトラベル・ミステリーとともに我々は日本各地、さまざまなところに紙上旅行を重ねてきた。天橋立や城崎も、『十津川警部幻想の天橋立』や『城崎にて、死』で舞台となっている人気観光地だ。まだ訪れたことがない土地であれば旅心を誘われることになるだろうし、すでに訪ねたことがあれば旅の思い出に浸ることになるだろう。

周知のように天橋立は松島、そして宮島（厳島）とともに「日本三景」と言われている。江戸期の儒学者・林春斎が十七世紀半ば、『日本国事跡考』で「丹後天橋立、陸奥松島、安芸厳島、三処を奇観と為す」と記したのが嚆矢《こうし》とのことだ。林春斎の誕生日の七月二十一日を、三カ所の観光協会が「日本三景の日」と定めている。もっとも、日本三景と称したのは有名な儒学者の貝原益軒が最初だとも言われるけれど、いずれにしても「日本三景」は島国の日本ならではの絶景であるのは間違いない。

天橋立は京都府の北部、日本海の宮津湾にある長さ三キロ余りの砂洲である。逆さになって見ると、天にかかる橋のようだ。これが名前の由来だというけれど、『丹後国風土記』には天の椅立《はしだて》、すなわちいざなぎの命が天に通う梯子とされている。また『古事記』にある「天の浮橋」だとも伝えられてきた。自然が生み出した地形であり、現在のような姿になったのは江戸時代らしいが、昔から橋にたとえられていたようである。

そして城崎は山陰本線の駅だが、千三百年の歴史を誇る城崎温泉の玄関口として多くの人が利用している。自身の体験をベースに生と死を見つめる志賀直哉「城の崎にて」はあまりにも有名だ。七つの外湯をめぐる観光客でいつも賑わっている。冬場の蟹料理にそそられる人もいるに違いない。

警察の捜査がうっとうしくなった美由紀は、天橋立の見える旅館に泊まり、そしてあの男の指示で城崎温泉の老舗旅館へと移る。

一方、十津川警部も天橋立へと捜査の旅を展開している。巣鴨駅の裏通りにある小さな飲み屋で、死後一カ月以上経ったママの死体が発見された。その殺人事件と美由紀の関与が疑われる爆破事件の類似性を検討し、さらには別の爆破事件へと捜査の手を伸ばしたとき、彼女が姿を消したからだ。

彼女が宮津の生まれと知った十津川は、亀井刑事とともに西へと旅立つ。新幹線の「のぞみ」で京都へ向かい、特急「はしだて」に乗り継ぎ、天橋立駅で下車する。京都府警と連動した捜査で美由紀を尾行していると、彼女は「タンゴディスカバリー」で城崎へと移動するのだった。その城崎で新たな事件が……。

この『若狭・城崎殺人ルート』は「Ｊ－ｎｏｖｅｌ」に二〇〇六年五月から十一月まで連載されたあと、二〇〇七年一月にジョイ・ノベルス（実業之日本社）の一冊として刊行された。本書は初めての文庫化となるが、初刊から十年以上経つと鉄道的にはやはり様相が幾分違っている。一九八七年の国鉄民営化以降、日本の鉄路はめまぐるしく変化しているからだ。

美由紀や十津川警部と亀井刑事が天橋立に向かうときに利用したのは、北近畿タンゴ鉄道である。いわゆる第三セクターの鉄道会社で、一九八二年に設立された宮福鉄道が一九八九年に社名変更したものだ。本書の事件が起こったときには、宮津から福知山までの宮福線、そして西舞鶴から豊岡までの宮津線の二路線を運行していた。ＪＲ西日本と北近畿ビッグＸネットワークという特急ネットワークを作っていて、その名のとおり、北近畿の重要な鉄路となっていた。

不幸にも爆破事件が起こってしまった「文殊」は、一九九六年三月に天橋立駅までの電化が整ったのを機に、大阪と丹後地方を結んで走りはじめた特急だ。天橋立駅から徒歩で五分ほどのところにある天橋立智恩寺の本堂「文殊堂」は、日本三文殊のひとつとされていて、それが列車名の由来である。ただ残念なことに、二〇一一年の三月のダイヤ改正で廃止されてしまった。

「はしだて」もやはり一九九六年の電化とともに走りはじめた特急で、こちらは京都との天橋立を結んでいる。特急「あさしお」と急行「丹後」を統合したものだった。この名称の列車は国鉄時代にも走っていたが、やはり天橋立のネームバリューは全国的だ。

「タンゴディスカバリー」も北近畿ビッグXネットワークのなかの気動車特急である。一九九六年三月に新大阪・久美浜間ほかで走りはじめたが、一九九九年に京都・城崎間、そして天橋立・城崎間と運転区間が変更されている。十津川らが乗ったのは後者の区間だ。宮福線沿線に聳《そび》える大江山の鬼伝説に登場する「青鬼」にちなんだカラーリングがなされていたが、これも二〇一一年三月のダイヤ改正で消えてしまった。似たような愛称の列車に「タンゴエクスプローラー」もあった。一九九〇年に新大阪駅発で走りはじめた電車特急だが、やはり二〇一一年のダイヤ改正で廃止されている。

そして北近畿タンゴ鉄道は二〇一五年四月から、京都丹後鉄道となった。赤字を連続して計上していることから心機一転の展開だった。現在は宮津・豊岡間の宮豊線、宮津・西舞鶴間の宮舞線、そして宮津・福知山間の宮福線の三路線体制だが、路線的には北近畿タンゴ鉄道と変わったわけではない。水戸岡鋭治デザインによるレストラン列車「丹後くろまつ号」やカフェ列車「丹後あかまつ号」、観光列車「丹後あおまつ号」を走らせて、新たな利用客を喚起している。

また、城崎での事件に関係する列車として、特急「きのさき」と特急「はまかぜ」も登場している。「きのさき」も、一九九六年三月に北近畿タンゴ鉄道が電化されたことより、京都・城崎間で運転を開始した。「はまかぜ」は一九七二年に大阪と鳥取方面を結ぶ列車として走りはじめた。ともに北近畿ビッグXネットワークを形成する列車である。なお、城崎温泉駅は二〇〇五年三月に城崎駅から改称されたのだが、城崎町が豊岡市と合併するに際して、知名度の高い城崎温泉を駅名にしてほしいという要望があったからだという。そして二〇一六年十一月、温泉街と調和するように駅舎がリニューアルされている。

だから、今では乗車できない列車も本書には登場したりしているが、観光地として天橋立と城崎が魅力的であることには変わりない。そんな人気観光地で十津川警部のスリリングな捜査行が続けられる。そして今度は列車内で殺人事件が……。

小式部内侍は藤原定頼から代作疑惑を突きつけられて、つまり母親が詠んだのを自作としているのではないかと皮肉られて、「大江山いく野の道の遠ければ　まだふみも見ず天橋立」と返したという。そんな遠いところには行ったことありません、というのである。しかし今なら、いろいろなルートで天橋立方面へ簡単に行くことができる。それが十津川警部シリーズに誘われての旅なら、いっそう楽しむことができることだろう。

二〇〇七年一月　ジョイ・ノベルス刊

本作品はフィクションであり、実在の個人および団体とは一切関係ありません。また、現在と違う名称や事実関係が出てきますが、小説作品として発表された当時のままの表記、表現にしてあります。（編集部）

実業之日本社文庫　最新刊

伊東 潤
敗者烈伝
歴史の敗者から人生を学べ！ 古代から幕末・明治まで、日本史上に燦然と輝きを放ち、敗れ去った英雄たちの「敗因」に迫る歴史エッセイ。（解説・河合 敦）
い141

倉阪鬼一郎
しあわせ重ね 人情料理わん屋
身重のおみねのために真造の妹の真沙が助っ人に。そこへおみねの弟である文佐も料理の修行にやって来たことで、幸せが重なっていく。江戸人情物語。
く46

沢里裕二
極道刑事 ミッドナイトシャッフル
新宿歌舞伎町のソープランドが、カチコミをかけられた。襲撃したのは上野の組の者。裏には地面師たちのたくらみがあった!? 大人気シリーズ第3弾！
さ39

余非　嶋中 潤
オーバー・エベレスト 陰謀の氷壁
山岳救助隊「ウィングス」に舞い込んだ超高額依頼。エベレストへ飛び立つ隊員を待ち受ける陰謀とは!? 日中合作のスペクタクルムービーを完全小説化！
し42

朱川湊人
私の幽霊 ニーチェ女史の異界手帖
日枝真樹子は、故郷で高校生時代の自分にそっくりな幽霊を目撃することに……。博物学者と不思議な事件を解明していく、感動のミステリーワールド！
し32

田丸雅智
ふしぎの旅人
ふしぎな旅の果てにあるのは、楽園、異世界、それとも…？ 世界のあちこちで繰り広げられる、旅をテーマにしたショートショート集。（解説・せきしろ）
た101

文日実
庫本業 に121
社之

若狭《わかさ》・城崎殺人《きのさきさつじん》ルート

2019年10月15日　初版第1刷発行

著　者　西村京太郎《にしむらきょうたろう》

発行者　岩野裕一
発行所　株式会社実業之日本社
〒107-0062　東京都港区南青山5-4-30
CoSTUME NATIONAL Aoyama Complex 2F
電話［編集］03(6809)0473［販売］03(6809)0495
ホームページ　http://www.j-n.co.jp/
印刷所　大日本印刷株式会社
製本所　大日本印刷株式会社

フォーマットデザイン　鈴木正道（Suzuki Design）

ISBN978-4-408-55544-7（第二文芸）